도깨비의 역설

도깨비의 역설

김상규 수필집

수필미학사

마음이 만들지 못하는 것은
아무것도 없다

'나는 복이 많은 사람이다.'는 생각을 종종 한다. 더구나 늙바탕에 복이 많다는 것은 큰 행운이다. 글쓰기 공부와 함께 얻은 수확이다. 꽉 찬 나이로 책을 가까이하고, 궁색한 생각을 풀어내느라 고심하고, 지성과 덕성을 갖춘 훌륭한 문우를 만나게 되고, 끓어오르는 열정과 믿음, 진솔한 사랑을 배우게 되었다. 늦었지만 나를 정확히 들여다볼 기회를 얻게 된 것은 무엇과도 바꿀 수 없는 값진 보배이다.

초등학교 작문시간에 글 한 줄 쓰지 못해 쩔쩔맸던 기억이 난다. 반세기가 넘었다. 퇴직한 지 6년이 지나 책을 내게 되었다. 끈질기게 따라온 오기가 나잇값을 하게 했다. 의미가 깊고 재미있는 글이면 얼마나 좋을까, 정성을 다했으나 한계를 뛰어넘지 못했다. 뭔가가 모자라 보이고 어설프게 엮은 글이 편안함과 정감을 줄지도 모른다는 억지를 부려 본다.

나는 나의 삶을 관조하며 살았다 싶었는데 앞도 제대로 보지 못하고 살았다. 웬만한 지식은 갖췄다고 생각했는데 아무것도 모르면서 아는 체했다. 따뜻한 마음을 나누며 살았다 싶었는데 그렇지 못했다. 글쓰기는 단순한 글쓰기가 아니라 새로운 삶을

탐구하고 관조하며 인간을 숙성시키는 한 방법이었다. 사물의
내면을 보고 듣고 느끼는 눈과 귀와 생각을 깊고 넓게 확장시키
고 해석해 내는 일이었다. 건성건성 지나쳤다는 것은 애정을 가
지지 않았다는 증거다. 이제부터 모든 것에 애정을 가지는 훈련
을 하련다. 죽을 때까지 배워도 다 배우지 못한다는 말처럼 열
심히 배우련다. 모든 것이 말처럼 쉽지 않을 테지만 꾸준히 노
력하련다.

　"빨리 가려면 혼자 가고 멀리 가려면 함께 가라"는 아프리카
속담이 이처럼 마음에 쏙 들 때도 없다. 2년간 함께 해준 '책쓰
기포럼1팀'이라는 든든한 울타리가 있었기에 목표지점에 다다
를 수 있었으리라. 도움을 주신 모든 분께 감사드린다.

　열심히 응원해 준 아들과 며느리, 딸과 사위에게 고마움을 전
한다.

　묵묵히 지켜보며 믿고 격려해 준 아내에게 이 책을 바친다.

2014년 2월

김 상 규

2부 | 선물

4부 | 인사

김상규 수필집

도깨비의 역설

1부
복날

• • •

기차 여행

　항상 청춘이란 생각으로 살아왔다. 내 삶이 어디쯤 와있는지, 어떻게 살아왔는지는 중요하지 않았다. 앞만 보고 꾸준히 살아가는 것이 삶인 줄만 알았다. 퇴직이란 나와는 상관없는 남의 일처럼 가볍게 여겼다. 열심히 일하다 보면 그 속에 모든 것이 다 묻혀 가리라는 신념을 앞세우고 묵묵히 내달렸다. 한 객실 안의 상념으로 세상을 다 포용한 것처럼.

　기차 여행을 떠났다. 열차가 서서히 역을 빠져나가고 있었다. 오르내리며 배웅하는 사람들의 모습이 점점 작아지며 시야에서 사라지고 나서야 객실의 정경이 눈에 들어왔다. 이제 세상과의 소통의 문이 닫히고 단절된 독립 공간이 대기권의 한 틈새를 뚫고 달린다. 다만, 떼 놓을 수 없는 시간이 끈질기게 따라와 함께 실려 가고 있다. 밀폐된 공간이기에 나만의 은밀한 사유가 흐르리라 생각했는데 착각이었다. 객실이란 좁은 공간 안에 우주를 뭉뚱그려 축소해놓은 그런 분위기였다. 다정하게 속삭이는 사람, 미소를 지으며 마냥 즐거워하는 사람, 책을 읽는 사람, 멍하니 창밖을 내다보는 사람, 피로에 젖은 듯 잠을 청하는 사람, 무슨 고민이라도 있는 듯 얼굴을 찡그린 사람, 열이면 열, 보이는 모든 사람은 제각기 다른 모습을 하고 있다. 모습이 다른 만큼 인성과 생각의 깊이, 취향도 다를 것이다. 목적이 제각각인 사람들이 같은 방향을 향해 여행하고 있다. 이미 정해놓은 종착역까지 싫든 좋든 같이 가야 한다. 우리의 삶도 이 여행과 무엇이 다르랴. 정해놓은 목표지점을 향하여 부지런히 달려가고 있지 않은가. 본의든 본의가 아니든 주어진 삶에 충실해야 할 의무가 따르기 마련이다.

퇴직하고 한동안은 장기 휴가를 즐기는 기분이었다. 얼마만큼의 세월이 흐르고 나서야 텅 빈 마음 한구석을 발견했다. 어느 날 무의식적으로 출근을 서두르는 자신을 발견하고는 놀랐다. 어언 사십 년간 길든 습관의 굴레를 하루아침에 벗어놓기란 생각처럼 쉽지 않음이리라. 불쑥불쑥 솟아오르는 그리움 같은 응어리. 무엇엔가 구속되어 있을 때 그것에서 벗어나려 애쓰는 것이 인간의 본능이라면 구속에서 벗어나 그

것을 그리워하는 까닭은 또 무엇인가. 정체는 사람을 녹슬게 하기에 시침을 바쁘게 돌려댔다. 직장에 헌신했던 몸과 마음을, 팽개쳤던 집안일을 돌보는 것으로 바꾸어 나갔다. 출근하지 않아 여유로운 시간은 여행으로 채웠다. 동료들과 나누던 정은 오랫동안 인사드리지 못한 친인척과의 소통으로 옮겨 놓았다. 문중 일과 모임 일을 돌보며 일에 대한 성취감과 보람을 찾으려 노력했다. 시침을 빠르게 돌려도 채워지지 않는 속내를 무엇으로 채워야 할까. 누군가 늙으면 모든 것을 다 내려놓아야 한다는 말을 했다. 어제까지의 화려했던 일이랑 모두 잊어야 오늘에 성실할 수 있고 행복한 삶을 이룰 수 있다는 이야기이리라.

도심을 가로지르는 차창 밖엔 다닥다닥 붙어있는 삶의 둥지가 가쁜 숨을 들이쉬고 있다. 그 뒤로 숲을 이룬 아파트가 키 재기를 하고 있다. 저 속에서 꿈을 키우고 사랑을 속삭이지 않았던가. 차창 밖으로 바라다본 아파트는 너무 갑갑해 보였다. 몸을 밀착시켜 포옹이라도 하려는 건가. 밀어를 속삭이는 것 같다가도 빤히 서로 훔쳐보는 것같이도 보였다. 한 점 같이 보이는 저 둥지 안에서 세상을 다 움켜잡을 듯 한껏 욕심을 부리지 않았던가. 먼발치에서 바라보는 객실 역시 그러하리라. 내 안에 갇힌 내가 세상을 바라보는 시야를 가리고 좁은 공간에 익숙해 있던 것처럼. 지금도 그 버릇에서 벗어나지 못하고 있다. 오랜 세월 동안 다져진 생각이 습관화되어 내 안에 갇힌 나를 보지 못하고 있다. 열차 안에서 아파트를 바라보듯 먼발치에서 나를 바라보는 여유가 지혜인 것을. 여행이 가져다준 선물일까? 한평생 몸담아온 직장이란 굴레에서의 내 모습이 차창에 어른거린다. 근무연한이 쌓일수록 타성에 젖어 경직된 나만의 울타리를 치고 있지 않았던가. 직급이 오르는 만큼 군림하고 싶어 근성의 껍질만 단단하게 굳히지 않았던가. 알량한 계급 사회에서 계급이 전부인 양 여겼지 않았는가. 한 발짝 옆으로 살짝 비켜서면 볼 수 있는 나를 보지 못하면서.

열차는 폐쇄된 공간을 싣고 정해진 길을 따라 꾸준히 달리고 있었다. 온갖 즐거움과 슬픔, 보람과 고난, 환희와 우울함을 있는 그대로 싣고 달리기만 했다. 차창 밖의 세상은 달리는 열차와는 무관하게 별개의 세상으로 격리된 듯했다. 객실 안에는 여행객의 온갖 사유가 가득 차있다. 차창 밖에는 잎이 돋고 아름다운 꽃이 피어도, 짙은 녹음이 어우러져 숲을 이루어도, 낙엽이 지고 앙상한 가지가 허허로워도, 눈이 내려 온 세상을 하얗게 덮어도 열차는 아랑곳하지 않는다. 주어진 길을 따라 목표를 향해 달리기만 할 뿐이다. 우리의 삶도 열차가 달리는 것처럼 묵묵히 앞만 보고 살아가지 않는가. 주어진 길을 올곧게 한눈팔지 않고 달리기만 하면 착하게 사는 길인 줄 알았다. 한평생이라는 시간과 몸뚱어리 하나 머무를 만큼의 공간을 차지한 것을 특권이라도 누리듯 삶 전부인 양 여겼다.

퇴직 후 삼 년이 지난 어느 날 무의식적으로 동분서주하던 생활에서 벗어나 다가올 삶을 어떻게 꾸려 나가야 하나 하는 노후의 밑그림을 처음으로 그리게 되었다. 생각지도 않던 나의 실체가 퇴직한 실업자라는 딱지를 붙이고 세상의 한복판에 우두커니 서 있었다. 육신을 겨우 비집고 들어갈 만큼 자그마한 울타리 안에 갇혀있는 것이 내 삶의 공간이었다. 아무것도 걸치지 않는 무방비 상태의 알몸이다. 젊음도, 지위도, 명예도 한순간에 거품으로 변해있었다. 바람 빠진 풍선처럼 품 사나운 몰골로 땅바닥에 내려앉았다. 직장과 함께 이웃도, 친구도, 취미도, 모두 다 마음으로부터 멀어져갔다. 다른 사람의 눈을 의식하는 삶에 이끌려 지향 없이 표류해온 과거가 회한의 긴 그림자를 드리우고 있었다. 무의식 속에 묻혀 낌새를 차리지 못한 어리석음이 얼마만큼의 시간을 뜯들인 후에야 가슴을 무겁게 짓눌렀다.

가지런히 깔린 레일 위를 열차는 달리고 있다. 나는 달리는 열차에 몸을 실었다. 여행이란 목적을 이루기 위해 열차에 몸을 맡기고, 열차는 제 스스로가 아닌 내가 설정해 준 목적지를 따라 달린다. 나는 목적지에 다다르기 위해 열차를 이용하고, 열차는 내가 만들어 준 구실로 달리고 있으니 우리는 공생의 관계를 이루고 있다. 이용하고 또 이용하게 하는 배려가 서로의 존재가치의 밧줄을 잡고 얽혀있는 것이 나와 열차와의 관계이자 우리 삶의 관계이다.

얼마를 달렸을까. 차창 밖엔 어느새 시가지를 벗어나 한적한 시골 풍경이 펼쳐졌다. 이제 막 모내기를 끝낸 들판엔 물에 잠긴 벼 포기가 겨우 목만 내놓고 있다. 제 빛을 띠지 못하고 생의 뿌리를 내리려 안간힘을 다하는 모습이 애처롭다. 뿌리를 제대로 내리기 위해서는 물이 필요하리라. 적당한 온도와 햇볕이 있어야 하리라. 시원한 바람이 곁들여야 생육에 도움을 주리라. 거기에 주인의 정성 어린 보살핌이 없이는 자랄 수 없으리라. 내 노후의 새로운 삶도 저 벼의 생육과 흡사했다. 주어진 시간에 충실하며 나름대로 여생을 보람되게 꾸미리라 여긴 노후가 현실과 부딪치고 보니 생각지도 않던 어려움이 불거졌다. 모두 낯설기만 한 환경에 적응하기가 생각처럼 쉽지 않았다. 목적과 소질이 어우러져야 했다. 함께 즐길 수 있는 새로운 동료와의 소통이 있어야 했다. 무엇보다 가족의 동의와 내 열정이 뒤따를 때 새로운 삶이 바르게 뿌리내리리라. 의욕만 가지고 시작한 글쓰기가 느리게나마 제자리를 찾아 뿌리내리려 안간힘을 다하고 있다.

이제 레일 위로만 달리는 기차여행을 벗어나 자유여행을 즐길 것이다. 객실에만 꽂아두었던 시선을 차창 밖으로 돌릴 것이다. 가슴 가득 안겨오는 푸름과 마주하리라. 앙상한 가지만 남은 메마름도 보듬고, 밤하늘에 반짝이는 별빛과 밀어를 나누며 살고 싶다. 함께 살아가는 모든 것과 사랑과 아픔을 나누리라. 서로 소통하고 아우르는 소중함을, 아름다움을 글 속에 곱게 그려 넣으며.

거짓말

어느 카페에서 읽은 글이다. '지갑을 주웠는데 돈이 무척 많았습니다. 험상궂게 생긴 빡빡머리 사진이 무서워 경찰에 신고했습니다. 주인이 보상한다기에 극구 사양했지요. 연락처라도 알려 달라는 것을 끝내 알려주지 않았더니 그분이 연락처를 알려왔습니다. 그는 스님이었습니다. 스님이 계시는 절 이름이 만우절이었습니다. 하하하…'

거짓말 하면 떠오르는 것이 만우절이다. 조선의 궁중에도 이 같은 풍습이 있었다니 아이러니한 일이다. 날짜가 사월 일일로 정해진 게 아니라 첫눈 내리는 날이었다고 한다. 그날만큼은 궁인들이 왕을 속여도 죄가 되지 않았다고 한다. 눈이 많이 내리면 이듬해 풍년이 든다 하여 왕을 속여도 너그럽게 눈감아 줬다고 한다. 속아도 분하지 않고 밉지 않은, 웃음을 짓게 하는 거짓말. 거짓말이라 해서 모두가 나쁜 것만은 아닌 가 보다.

휴대전화 벨이 요란하게 울렸다. 화분에 물을 주다 뛰어가기가 번거로워, 하던 일을 끝내고 발신자에게 전화를 걸었다. 친구의 전화였다. "진동 모드로 두어 전화 온 줄을 몰랐어." 전화를 제때 받지 못해 미안함을 표하는 인사말이었다. 사실 대로 말하면 될 일을 다른 말로 둘러댔다. 별 생각 없이 한 말이었다. 거짓말을 하고 있으면서도 거짓말을 하고 있다는 것을 전혀 의식하지 못했다. 어쩜 무의식적으로 복잡한 인간관계에 대한 손익계산을 거친 결과를 바탕에 깔고 순식간에 내뱉는 습관화된 말인지도 몰랐다. 사실대로 말하면 상대의 전화를 그다지 중요하게 여기지 않았다는 속내로 비칠 우려가 있어 그랬을 것이다. 사람은 누구나 상대의 관심에서 멀어지기를 싫어하는 것이 본능이리라.

어릴 때 들은, 가슴을 찡하게 했던 이야기가 생각났다. 가난한 농부가 부잣집에 시집보낸 딸의 사는 모습이 너무 보고 싶어 찾아갔다. 맛보지 못한 진수성찬으로 포식하고 자다가 설사를 만나 바지에 똥을 싸고 말았다. 바지를 벗어 둘둘 말아 방문 밖에 내놓고 알몸으로 잘 수 없어 두루마기를 입고

잤다. 새벽에 일어나 보니, 똥 냄새를 맡고 개가 바지를 물고 가버렸다. 이리저리 찾다가 빨랫줄에 바지 같은 것이 있어서 급한 김에 입었다. 잠이 깬 안사돈이 널어놓은 고쟁이가 없어졌다며 야단법석이었다. 벌어진 일을 수습할 방법이 없어 도망가야 하겠다고 허겁지겁 나오다 마당에 벌렁 자빠졌다. 안사돈이 놀라 달려와 보니 자기 고쟁이를 입은 바깥사돈이 가랑이 사이로 거시기를 쑥 내놓고 있었다. 안사돈이 놀라 "내 고쟁이를 어찌 사돈께서 입으셨습니까?" 바깥사돈까지 나와서 고쟁이 사이로 삐져나온 거시기를 보고 "허허. 이 추운 엄동설한에 그것을 왜 꽁꽁 얼리고 계시오?" 하며 빈정대는 것이었다.

마당에서 들리는 시끄러운 소리를 듣고 딸이 나왔다. 망신스러워 고개도 들지 못하고 있는 아버지를 부둥켜안고 대성통곡을 했다. "아버지는 저를 부잣집에 시집보내놓고 걱정이 태산 같았답니다. 구박을 받으며 심한 고생이나 하지 않을까? 마음 졸이다 점을 보았지요. 사돈댁에 가서 큰 망신을 당하면 딸이 액땜하고 잘살게 된다 해서 자청해 망신을 당하신 겁니다." 울부짖으며 하는 딸의 이야기를 듣고 있던 사돈 내외가 감탄하며 "이렇게 자식 사랑이 큰 아버지가 세상에 어디 있단 말인가." 눈물을 글썽였다. 깨끗한 옷 한 벌과 주안상을 내놓으면서 "사돈어른 걱정하지 마십시오. 이런 훌륭한 아버지의 딸을 어찌 홀대하겠습니까." 극진히 인사를 했다.
집으로 돌아오면서 딸의 속 깊은 생각에 감탄했다. 아버지의
망신스러운 실수를 액땜이라고 둘러대어 위기를 모면하게
하고 훌륭한 아버지로 대접받게 해 주다니 세상에 이런 딸이
또 어디 있단 말인가. 천하에 둘도 없는 딸의 효심이 자랑스
러웠다.

　지혜로운 거짓말이 아버지를 구했다. 자신과 시부모님, 부
모님과 시부모님 관계를 위기에서 탈출시켰다. 거짓말이 이
렇게 아름다울 수도 있을까. 거짓말은 자기주장을 합리화시
키고, 자신의 잘못을 감추기 위한 변명과 핑계로 활용하여 때
로는 사회를 혼란스럽게도 한다. 하지만 남에게 피해를 주거
나 상처를 입히지 않는, 한계를 넘어서지 않는 거짓말을 사회
가 절실히 요청하고 있는 것인지도 모른다. 장소와 시기, 상
황에 따라서 거짓말이 위기를 모면하게 할 수 있는 유일한 방
법이기도 하다. 물이 너무 맑으면 고기가 살 수 없는 것과 같
이 거짓말이 없으면 삶이 냉랭하여 오히려 살맛을 잃을 수도
있지 않을까. 정직한 말은 올곧으나 웃음을 주지 못한다. 웃
음을 주지 못한다는 것은 여유가 없어 딱딱하고 맛깔스럽지
못하다는 것이리라. 양념이 반찬의 맛을 내는 데 꼭 필요하
듯, 거짓말도 우리 삶의 양념으로 필요한 것이리라.

참말이 상대의 기분을 맑게 하고 신뢰를 얻는다면 남을 배려하려는 좋은 의도의 거짓말은 상대의 감동을 이끌어내는 원동력으로 사회를 밝게 하고 웃음과 여유를 채워 주는 것이리라.

복伏날

압력밥솥에서 압축된 증기 새어 나오는 '쏴' 소리가 요란스럽다. 한쪽 가스레인지에서는 불꽃이 뻘겋게 피어오르고 그 위에 얹힌 솥에서는 육수가 '피~, 피식' 소리를 내며 끓고 있다. 그렇지 않아도 더운데 주방 열기가 보통이 아니다. 땀을 뻘뻘 흘리며 삼계탕을 끓이는 아내의 몸놀림이 분주하다.

심십오 도를 넘나드는 수은주가 한 달 넘게 이어지고 있다. TV에서는 연일 불볕더위 주의보가 발령되었다느니, 경보가 발령되었다며 겁을 준다. 1994년 이후의 최고 더위라며 떠들어대는 수다가 지구를 뜨겁게 달군다. 이대로 가면 멀지 않아 사십 도까지 육박하지 않으리란 보장이 없다. 이 더위에 지치지 않을 사람이 어디 있겠는가. 아열대성 기후로 바뀌고 있다는 말을 실제로 입증이라도 하듯 기승을 부린다. 해가 갈수록 땅은 점점 더 열기를 뿜어낼 것이 분명하다. 그 열기를 어떻게 극복해야 할까 바짝 긴장하게 한다. 더구나 그 한가운데를 차지하는 대구의 기후란 가히 짐작하고도 남으리라.

복伏은 더위의 정점이다. 같은 더위라도 복伏이란 단어가 덧붙으면 열기가 한층 더 뜨겁게 느껴진다. 복伏이란 엎드린다는 뜻으로 사람인人과 개 견犬자가 합쳐져서 만들어진 글자이다. 사람이 개처럼 엎드린다는 뜻으로 굴복, 머리를 숙인다는 의미이다. 여름은 음양오행의 화火에 속한다. 즉 불이란 뜻이다. 화火가 극성하여 쇠〔金〕를 녹아내리게 하므로 쇠도 여기에 굴복해 엎드린다는 것이다. 그러니 사람이야 오죽하겠는가. 허약해지고 무기력해질 수밖에 없지 않겠는가. 그 금金에 해당하는 것이 천간의 경庚이다. 그래서 하지가 지난 뒤 셋째와 넷째 경일을 초복과 중복으로 삼았고 말복은 입추가 지난 뒤의 첫 번째 경일로 정했다고 한다.

날씨가 더우면 쉬이 지친다. 약간만 움직여도 땀이 흘러내리고 짜증이 난다. 비는 오지 않고 습도가 높은 날이면 짜증이 는다. 모든 것이 귀찮다. 꼼작 않고 가만히 있고 싶다. 어느 계절보다 무더운 여름철에는 체온이 올라가므로 그것을 막기 위해 혈액이 피부 근처에 많이 몰린다고 한다. 그로 인해 근육과 위장의 혈액순환에 지장을 주므로 힘이 빠져 흐느

적거린다는 것이다. 여름이면 식욕이 떨어지고 만성피로에 시달리는 이유가 여기에 있단다. 농사일이 힘겹던 옛날에는 먹는 것도 시원찮았으므로 이런 고통을 극복하기가 더 어려웠으리라. 그래서 복伏날을 맞아 기력을 돋우려 보신補身이라는 이름으로 영양을 섭취했다는 이야기다.

복날이면 수난을 겪는 것이 견공이다. 소, 돼지는 한 가정의 생계를 좌우하는 큰 재산이었으므로 손대지 못하고 개를 희생시켰다. 더위로 허약해진 기력을 충전하는 데 개고기를 으뜸으로 여겼기 때문이다. 조선 후기에 간행된 『동국세시기』에 "사기史記에 이르기를 진덕공秦德公 2년에 처음으로 삼복 제사를 지냈는데, 성 사대문 안에서는 개를 잡아 충재蟲災를 방지했다."라고 기록되어 있다. 『동의보감東醫寶鑑』과 『동국세시기東國歲時記』를 비롯한 『열양세시기洌陽歲時記』와 「농가월령가農家月令歌」에 개고기는 오장을 편안하게 하며 혈맥을 조절하고, 장과 위를 튼튼하게 하며, 골수를 충족시켜, 허리와 무릎을 따뜻하게 하고, 양기를 일으켜 기력을 증진하며, 복날 개장국을 먹으면 더위를 물리쳐 보허補虛한다고 했다. 황구黃狗가 사람을 보하는 데 일등품으로 꼽혔다는 증거이다.

복날이 되면 보신탕과 삼계탕 식당 앞에는 장사진을 이룬다. 뙤약볕도 아랑곳하지 않고 길게 늘어선 줄이 가관이다.

내리쬐는 햇볕을 머리에 이고 땀을 뻘뻘 흘리고 있다. 복날만 되면 으레 벌어지는 광경이다. 몸보신 하여 복더위를 이기려는 열의가 햇볕만큼이나 뜨겁다. 나는 복날이 되면 삼계탕을 즐긴다. 보신탕은 종교적인 관계도 있지만 예로부터 개는 사람과 한솥밥을 먹고 살아가는 식구처럼 가장 밀접한 관계를 맺고 있는 동물이므로 피한다. 삼계탕은 아내가 맛있게 장만하는 요리 중 하나이기도 하다. 복날을 빌미로 전 식구가 한자리에 모인다. 수삼이랑 황기, 은행, 밤, 대추, 마늘과 엄나무 한 토막을 넣고 전복까지 넣어 끓여낸 삼계탕은 일품이다. 삼계탕과 더불어 맛있게 먹는 손녀 손자들의 모습이 삼복더위를 거뜬히 이겨내게 하는 에너지가 된다.

우리의 삶 속에서 복伏이 시사해 주는 바가 크다. 복이란 단순히 견디기 어려운 불볕더위뿐만 아니라 삶을 겸허하게 꾸려가라는 강한 메시지를 전해준다. 인간의 재능이 아무리 뛰어나다 하더라도 자연의 섭리를 뛰어넘을 수는 없다는 진리를 일깨워 준다. 더위를 이기려 냉방기를 켜고, 그 영향으로 온도가 더 높아가는 악순환의 고리가 이어지고 있다. 끝닿을 줄 모르는 우주와의 줄다리기가 결국은 인류를 멸망으로 이르게 하지나 않을지 우려된다. 쇠가 복더위에 엎드리듯 함부로 경거망동하지 말라는 경고로 들린다. 힘은 고개를 숙일 때

더욱 강해지는 법이리라.

　복伏은 모든 사람과 만상을 우러러 공경하며 자신을 낮추라는 겸양을 일러준다.

흥興

온통 강남스타일이다. 무슨 마력이 숨어있기에 세상 사람들이 어깨를 들썩이며 흥겨워할까. 노래하는 건지, 시조를 읊는 건지, 춤을 추는 건지, 뒤뚱거리는 건지 분간하기 어려운데도 악성 전염병이 퍼져나가듯 빠르게 번져나간다. 철들지 않은 개구쟁이가 생각 없이 제멋대로 중얼거리며 우스꽝스럽게 몸을 흔들어대는 것이 '싸이'의 강남스타일이다.

한 달쯤 전이었다. 숙모님 댁에 갔을 때였다. 선계부先季父의 기제사에 참례하기 위해서다. 대문 안에 들어서자 웃음과 박수소리가 요란했다. 무슨 일일까? 궁금증을 안고 문을 열자 아기를 가운데 두고 둘러앉아 야단법석이었다. 첫돌을 지내고 겨우 걸음마를 배운 종손녀가 가족들에 둘러싸여 엉덩이를 흔들고 있었다. 휴대 전화기에서는 싸이의 강남스타일 곡이 흘러나왔다. 어설픈 몸짓으로 팔을 흔들며 신명을 부렸다. 너무 격하게 흔들어대다가 엉덩방아를 찧었다. 전 가족이 웃음과 박수로 흥을 돋우고 있었다. 한참을 멍하니 바라보았다. 갓난아기가 말 춤을 추다니. TV를 통해 싸이의 공연은 많이 보아왔지만, 아기의 춤사위는 처음이다. 걸음도 겨우 걷는 어린애가 어떻게 노래와 춤을 알까? 가르친다고 될 일이 아니지 않은가. 노래가 멈추면 울음을 터뜨리고 야단이다. 아기와 통하는 초자연적 영감이, 무엇인지 모를 신명이 그 속에 있는 것 같았다.

강남스타일을 들어본 사람들은 모두가 흥겹고, 신이 나고, 흥분된다는 반응을 보인다고 한다. 뮤직비디오 유튜브에서 구십팔 일 만에 오억 건의 조회를 넘어섰다는 것은 강남스타일의 반응과 전염성이 얼마나 강한가를 말해주고 있다. 유명한 저스틴 비버의 '베이비'도 사백삼 일이 걸려서야 오억 뷰를 넘어섰는데 강남스타일의 위력을 짐작할만하다. 무엇이 세상 사람들을 감동하게 하고 흥분하게 만드는 걸까. 싸이는 '난 태생이 B급'이라 했다. 미국에서 B급 코믹영화 주인공 같다는 말을 많이 들었다며 음악 하는 가수인데 웃겨서 성공했다는 게 웃기지만 솔직히 모든 것이 웃겨서 시작됐다고 했다. 유머 코드와 독창성의 승리였다. 댄스뮤직이 대중적 인기를 얻고 있는 시기에 빠르고 역동적인 댄스곡이라 성공할 수 있었다는 분석이다. 싸이는 여느 스타들과는 다르게 솔직하고 엉뚱하였다. '미국 팬들은 겸손한 척하지 않고 막지르고 하는 것을 더 좋아한다.'고 했듯이 거리감과 주저함이 없이 파고든 것이 매력이었다. K팝이 세계적인 브랜드로 두드러져 있을 즈음 완벽한 타이밍을 맞춘 강남스타일이었다.

제93회 전국체전 개막식 날이었다. 대구 스타디움에 운집한 젊은 관람객들은 체전보다 싸이 공연에 더 많은 기대를 걸고 있는 것 같았다. 싸이가 무대에 오르자 괴성을 지르며 환호하는 모습은 꼭 신들린 사람 같다. 누가 시키지도 않았는데 순간적으로 모든 관람객이 한 덩어리가 되어 노래하고 몸을 흔들며 물결처럼 넘실거렸다. 저마다 어깨를 들썩이고 팔을 흔들어댔다. 블랙홀에 빨려들 듯 강남스타일과 말 춤이 모든 관람객을 빨아들이고 있었다. 오직 열광하는 흥겨움뿐이었다. 순간적으로 많은 사람의 마음을 하나로 뭉치게 할 수 있는 것이 또 있을까. 성격과 개성이 다른 군중을 공감하게 한다는 것이 이렇게 쉬울 수가 있을까? 의구심을 가지게 했다. 삼만 명이 올 것으로 예상하고 찍었던 개막식 티켓을 싸이 공연 때문에 삼만 장을 추가로 인쇄했다는 뒷이야기이다. 싸이 공연의 열기가 얼마나 뜨거운가를 짐작하게 했다.

강남스타일은 일렉트로니카풍 곡에 싸이 특유의 '날것' 느낌과 어우러져 싱싱함으로 청중들 속을 파고든 음악이다. 어디서도 들어보지 못한, 요즘 가요와는 다른 노래이면서도 낯설지 않은, 편안함과 즐거움이 스며있다. '숭구리당당' 다섯 음절의 핵심리듬이 백 번 이상 반복되고, 그 비트 수는 삼십 분 이상 조깅을 하면 숨이 차면서 흥겨움을 느끼는 순간의 심장박동수와 거의 일치한다는 것이 숭실대 소리 공학 연구소 배명수 교수의 설명이다. 이 비트가 들리면 자기도 모르게 몸을 흔들거나 춤을 추게 된다고 한다. 그래서 모두가 신들린 사람으로 변하는 걸까. 명지병원 예술치료센터 음악치료사 김언지 코디네이터는 단순한 반복리듬을 통해 신체의 움직임이나 자율신경계를 역동적으로 이끈다고 한다. '지금부터 갈 데까지 가볼까?' 하는 클라이맥스 부분은 심리적으로 억압되고 규격화한 상황에서 탈출하고자 하는 사람들의 본능을 자극한다나.

유년의 기억이 떠올랐다. 정월 대보름이면 으레 행해지는 놀이가 있었다. 줄다리기와 쥐불놀이가 잊히지 않지만 흥겨움을 주는 건 당연히 풍물놀이다. 모든 놀이가 신이 나지 않은 것이 없겠지만, 풍물놀이는 흥과 이미지가 달랐다. 윗마을에서부터 시작하여 아랫마을로 내려오며 집집이 풍물을 울려댔다. 지신밟기다. 잡귀와 액운을 쫓아내고 일 년 내내 행운이 가득하기를 축원하는 토속 놀이다. 뻣 상모를 쓴, 강하면서 낭랑한 꽹과리를 앞세워 징과 장고, 북과 소고가 뒤따르는 사물놀이였다. 전립 끝에 털 뭉치 장식을 단 상쇠가 앞서면 꽃무늬 장식을 단 고깔 모를 쓴 사물 패가 뒤를 따라 한바탕 놀이를 펼친다. 어린 마음을 사로잡은 건 긴 종이를 단채 상모를 쓴 소고 춤사위다. 두어 발이 넘는 종이가 앞뒤로, 옆으로 빙글빙글 돌며 포물선을 그리는 멋은 아직도 기억이 생생하다. 우리 집은 마을의 맨 끝에 있어 놀이의 마지막 신명을 아낌없이 쏟아냈다. 마당과 뒤란을 거쳐 부엌과 마구간, 화장실까지 두루 풍물을 울렸다. 풍물패 사이엔 거나하게 술 취한 어른들도 한바탕 신명을 돋우었다. 어린 나이에 잡귀와 액운이 모두 물러갈 때까지 풍물을 오래오래 울려줬으면 하는 욕심을 부렸다.

강남스타일은 흥을 돋운다. 아기에서 어른에 이르기까지 모두가 흥얼거린다. 유튜브에 올려진, 미국해군사관학교 생도들의 말 춤 추는 장면이 우스꽝스럽다. 2012년 남미 슈퍼컵에서 우승한 브라질의 축구 최고 스타 네이마르도의 세러모니도 말 춤이었다. 빠르게 전파되는 강남 스타일. 처음부터 세계시장을 겨냥하고 강남스타일에 양념을 진하게 가미했다면 이런 결과는 나오지 않았으리라.

싸이의 강남스타일에 흠뻑 빠져 말 춤을 추고 싶다. '옵옵 옵옵 오빠는 강남스타일.' 흥겨움에 어깨를 들썩이며 흥얼거리고 싶다. 이 흥이 온 우주에 물너울 되어 번져가도록.

만약

젊었을 때 목장을 가지는 것이 소원이었다. 언덕배기 널따란 초원 위에 집을 짓고 한가로이 풀을 뜯는 소 떼를 바라보며 살고 싶었다. 자연과 하나 되어 함께 살아가는 지혜를 터득하고 싶었다. 푸른 바다가 보이는 곳이라면 더없이 좋겠지만, 자그마한 연못 하나 가까이 두고 마음의 돛단배를 띄우고 세월을 실어 나를 수 있으면 그보다 더 행복할 순 없으리라.

지금의 내 자화상은 어떤 모습일까? 사십 년 가깝게 몸담아 온 직장을 마무리하고 새 삶을 싹 틔우고 있다. 두 아이는 새 둥지를 틀어 나가고, 아내와 둘 뿐이다. 뚜렷하게 굵은 선으로 그려야 할 부분이 없다. 그냥 평범하게 많은 사람 틈바구니에 끼어 세월에 떠밀려가고 있다. 시간의 속박에서 벗어나자 하고 싶은 일들이 무분별하게 고개를 치켜드나 쉬이 몸을 던지기가 망설여진다. 궤도 위로만 달리던 열차에 새로운 타이어로 바꿔갈았으니 어디인들 가고 싶지 않겠는가. 내 앞에는 아직 많은 시간이 손짓하고 있지만, 마음은 생의 끝자락을 붙잡고 쩔쩔매듯 항상 조급하다. 모두 한 덩어리가 되어 살아가는데 삶의 변두리에 한 점으로 표시되는 존재의 의미를 어떤 형태로 조각해야 할까? 이제까지는 생존을 위한 삶을 살아왔다면 지금부터는 영혼을 위한 삶을 살고 싶으나 이상과 행동의 괴리만 깊은 골을 파 내려가고 있다.

 고등학교를 졸업하고 진학할 형편이 못되었다. 무료하게 보내는 나날이 지겨웠다. 공부한답시고 배우지 못한 농사일이 몸에 붙지 않았다. 친구들과 비교하면 큰 머슴과 작은 머슴 차이다. 고등학교를 졸업하고 놀면 고등 놈팡이, 대학교를 졸업하고 놀면 대 놈팡이란 이름이 붙어 다닐 때였다. 기왕이면 대 놈팡이가 되어야 옳은 놈팡이 축에라도 들 텐데 그것도 아무나 할 수 있는 일이 아니었다. 시골의 한 면에서 대학교엘 다닐 수 있는 사람이라곤 손으로 꼽을 정도에 불과했으니 말이다. 이제나저제나 하고 보낸 세월 일 년이 후딱 지나 갔다. 마음은 점점 초조해졌다. 기약 없는 세월에 얼마나 더 시달려야 애간장을 태우는 초조감에서 풀려날까? 동네 사람들이 '비싼 학비 없애고 빈둥거리며 노는 꼴이 보기 좋다.' 며

비꼬는 듯했다. 친구들은 큰 머슴이 되어 밥값을 톡톡히 하는데 이런 불효가 또 어디 있을까.

뾰족한 대책이 서지 않았다. 일 년간 풀을 죽였으니 더 죽일 풀도 없었다. 사람이 막다른 골목에 다다르면 못할 일이 없다더니 무엇이든 해야 한다는 절박감이 가슴을 무겁게 짓눌렀다. 직장 구하기가 쉽지 않은 터라 할 수 있는 건 농사일뿐이었다. 농사지을 생각은 꿈에도 하지 않았지만, 농촌에서 태어났다는 자체가 이미 농사를 지으며 살아야 한다는 숙명이었는지도 모른다. 농사일이라도 할 수 있는 여건이 된 것만도 천만다행이었다. 당시의 농경 사회는 대대로 이어져 온 논농사가 기본이었다. 주어진 일을 열심히 꾸려가는 것만이 충실한 삶이고 가장 큰 덕목으로 여겼다. 자연의 순리를 거역하면 벌을 받게 된다는 것이 농촌의 정서여서일까? 변화를 두려워했다. 열심히 일하면서도 찌든 가난에서 벗어나지 못하는 것이 농촌의 생활이었으니 기본 목표가 가난 극복이었다.

하늘은 스스로 돕는 자를 돕는다고 했던가? 비육우 사업을 결정하자 4H 운동과 인연을 맺게 되었다. 지금도 그렇지만 농촌지도소가 농촌 발전의 견인차 구실을 할 때다. 농촌의 현실을 파악하고, 경영에 대한 구체적인 프로그램 마련과 지식 습득에 많은 도움을 받았다. 지도소장의 가르침과 각별한 관심이 용기와 힘이 되었다. 실업자가 사람대접을 받고, 건전한 생각을 했다는 칭찬을 받았으니 힘이 절로 났다. 1960년대 후반 정부에서 잘살기 운동으로 비육우 사육을 권장했다. 내가 할 수 있는 가장 알맞은 사업이었다. 자본금이 없어 당장 사업을 크게 벌일 여건은 못되지만 중장기적인 목표를 설정하여 차근차근 사업을 키워가기엔 안성맞춤이었다. 큰 사업장을 견학하고 사업계획과 사육방법 등을 익혔다. 한 젊은이가 푸른 초원 위의 아담한 집 창가에서 한가로이 풀을 뜯는 소 떼를 바라보며 감회에 젖는 그림을 바라보고 있었다. 십년 후의 자화상이었다.

'호강은 시켜주지 못하더라도 굶기지는 않으리다.' 평소 아내에게 하던 말이다. 경제적 여유를 누리지 못하고 감질나게 꾸려가는 살림살이이기에 여자로선 답답하기 그지없었으리라. 견디다 못해 내뱉는 아내의 푸념을 잠재울 수 있는 유일한 방패가 굶기지 않겠다는 말이었으니. 때론 내가 나에게 지칠 때도 있었다. 남자가 엉뚱한 면도 있어야 하는데 곧이곧대로다. 남자란 모름지기 세상을 휘어잡을 힘은 없어도 휘어잡는 시늉이라도 해야 하는데 말이다. 힘들 땐 위만 쳐다보지 말고 아래를 내려다보며 사는 것도 삶의 지혜라며 자기 도피의 길만 내세웠다. 태어날 때 좋은 조건만 갖추고 난 사람은 아무도 없다. 살림이 편하면 건강에 시달리고, 사회적 지위가 높으면 자식이 애를 먹인다. 얼핏 보면 행복해 보이나 그 속내를 들여다보면 남모를 어려움이 도사리고 있다. 한두 가지 걱정 없는 사람이 있으랴. 그래도 돈 걱정하는 사람이 제일 행복한 사람이란 말을 자위로 삼았다.

내 삶의 시계를 거꾸로 되돌려 애초의 꿈을 키워왔다면 지금은 어떤 모습을 하고 있을까? 함께 농촌 활동을 하며 비육우 사업을 해온 친구가 떠오른다. 일찌감치 경제적인 기반을 마련하고 여유롭게 살고 있다. 직장생활을 하지 않고 친구와 같이 농촌 사업을 했더라면 나 역시 여유로운 삶을 누리고 있을 것이란 공상에 잠긴다.

영화 '패밀리 맨'의 잭 캠벨이 생각난다. 뉴욕에서 둘째가라면 서러워할 플레이보이인 독신남이다. 부족한 것이 없는 성공한 사업가다. 그에게 천사가 나타나 사업을 택하지 않고 사랑하는 여자 친구를 택했더라면 하는 가상의 세계로 안내한다. 타이어 가게 점원으로 일하며 말썽꾸러기 어린 두 아이를 키우는 평범한 동네 아저씨로 살아가는 삶을 맛보게 한다. 천사가 원래의 자리로 돌아가라 하자 잭은 "나는 아이가 기다리는 집으로 가야 해."라며 보잘것없는 가상의 세계로 가야 한다고 했다.

인간은 자기가 이루지 못한 가상의 세계를 그리워하는 것이 본성인 것 같다. 이미 되돌릴 수 없는 먼 시간 속으로 내달려 온 길이만큼의 아쉬움이 가슴 깊이 아려온다. 내가 택하지 못한 길에 대한 동경이 무지갯빛 상상의 날개를 편다.

만약, 내가 농촌생활을 택했더라면 어땠을까? 송아지를 찾는 엄마소의 울음소리와 함께 통기타 퉁기는 소리가 은은히 귓전을 울린다. 내가 가보지 못한, 잭이 돌아가고 싶어 하던 '우리 집'이 이상향이 되어 마음속에 파고든다.

울음

　인간 내면의 밑바닥에 무엇이 깔렸을까? 그것이 솟구칠 때 가장 순수한 감정이 나타나는 때가 아닐까?

　TV를 보다 말고 화장실에 가 눈물을 훔쳤다. 부모를 잃고 온갖 고난을 겪은 한 남자의 기구한 생애가 가슴을 아프게 했다. 나이 탓일까? 엉엉 소리 내어 실컷 울고 나면 후련해질 것 같았다. 아내 보기 민망스러워 속울음을 울었다. 가족을 찾는 프로그램에 출연한 한 남자의 이야기가 눈물을 쏟게 했다. 어쩌면 이렇게도 기구한 팔자를 타고 태어날 수 있을까. 보육원을 전전하며 온갖 고난이란 고난은 다 겪으며 자랐다. 끝내 모든 것을 이겨내고 자립하여 가정을 이룬 한 인간의 투지가 장하게 느껴졌다. 사람은 어떤 일을 당하면 그에 대응하는 능력이 솟아난다는 사실을 실감이 나게 했다. 고생을 고생으로 치부하며 신세타령만 일삼았다면 이렇게 오붓한 가정을 이루지 못했으리라. 모진 고생을 삶의 에너지로 돌려놓은 슬기가 눈물겨웠다.

　돌아가신 어머니를 마지막 떠나보내는 지인을 문상하려 화장장에 갔다. 운구차가 줄을 지어 대기하고 있었다. 죽음이라는 세계를 찾아 높은 벽을 넘어 어느 섬으로 들어온 기분이었다. 일상에서 접하지 못한 죽음에 대한 생각이 일순간에 닫힌 사고를 열어젖혔다. 죽고 사는 것을 남의 이야기로 생각했는데 가까이서 실감 나게 바라보고 있다. 어머니의 시신을 화구로 들여보내는 지인과 가족들이 일순간에 통곡했다. 마지막 남은 육신을 한 줌 재로 사르는 일이 유족들의 마음을 도려내는 또 한 번의 아픔이었다. 옆에는 고등학생으로 보이는 아들을 화구로 들여보내는 가족들이 오열하고 있다. 교통사고로 어린 생명을 떠나보내는 애통함이 그 어떤 아픔과 비교할 수 있으랴. 눈에 넣어도 아프지 않을 자식을 먼저 보내야 하는 부모의 마음이야 피를 토해내는 울음도 성에 차지 않으리라. 삶과 죽음이 지척으로 느껴진다.

　사람은 태어나면서 맨 먼저 울기부터 한다. 울지 않으면 거꾸로 들고 등을 쳐서 울게 한다. 울어야 살아있다는 온전한 생명체로 인정할 수 있기 때문이다. 울음은 한 생명이 이 세상에 태어났음을 알리는 신호음이자 보호받기를 원하는 메시지의 전달이다. 갓난아기의 울음 속에는 온갖 메시지가 포함되어 있다. 이제 독립된 인간으로서의 존재를 확인시키기 위한 수단이기도 하고, 엄마의 젖꼭지를 차지할 수 있는 권리를 확보함이기도 하며, 부모와 사회의 사랑 받을 권한을 누릴 것을 내세우는 것이기도 하다. 자라면서 학문을 배우고 익혀 사회의 발전에 공헌하겠다는 다짐이기도 하며, 인간으로서 해야 할 도리를 다하며 더불어 살아가는 세상을 꾸미는데 보탬이 되겠다는 뜻이기도 하다. 이 가파른 세파를 어떻게 헤쳐 나갈까, 걱정을 담은 메시지이기도 하다.

어머니를 마지막 떠나보내는 지인의 울음이 슬픔만은 아닐 것이다. 부모님을 제대로 모시지 못한 자신의 못남을 꾸짖는 자학의 눈물도 있지 않을까. 힘겹게 살아온 지난날의 아픔도 함께 버무려져 슬픔으로 분출되었으리라. 어머니를 떠나보내고 덩그러니 혼자 세상의 한복판에 서 있다는, 기댈 곳을 잃은 외로움이 울음을 북받치게 했으리라. 어쩜 어머니를 떠나보내는 슬픔보다 자신의 넋두리를 울음으로 엮어낸 것은 아닐지. 어디든 하소연하지 않고는 배기지 못할 울분을 함께 깊은 울음으로 토해내고 있는 것인지도 모를 일이다.

슬픔을 빗대어 쌓아둔 자기 울음을 덩달아 울고 있는 나 자신을 본다.

싸우지 않고 이기는 법

'그리 순순히 손목을 내어주는 게 아니었다.' '…앞길 창창한 스무 살에 새 생명을 잉태하였으니, 정숙 씨의 고생은 그때가 시작이었다.…'

조선일보 '김윤덕의 신新 줌마 병법'의 '백전백승百戰百勝 싸우지 않고 이기는 법'의 첫 구절이다. 외아들을 취직시켜 팔자가 펴려는데 오십 둘의 이른 나이에 며느리를 보게 되었다. '지 애비 아들 아니랄까 봐' 혀를 차면서도 이왕에 이렇게 된 것, 세상 제일의 시어머니가 되어보자는 다짐을 하였다. 며느리 다루는 법을 시어머니에게 물었다. 고부관계의 문제를 고부관계인 시어머니에게 묻는 발상이 아이러니했다. 어떻게 하면 며느리를 휘어잡을 수 있을까? 비책을 배우는 방법이 문답 형식의 대화로 이루어졌다. 며느리를 못마땅하게 여긴 대목에서는 시어머니의 빗댄 면박이 복병처럼 불쑥불쑥 튀어나와 고부간의 갈등관계를 대변했다. 눈에 보이지 않는, 미묘하고 껄끄러운 고부관계를 해학적으로 편안하게 풀어낸 재치가 많은 의미와 생각을 품게 했다.

얼마 전 생일이었다. 큰 손녀가 편지 한 통을 건네줬다. 꽃무늬 바탕의 봉투에 케이크랑 이중의 하트모양 그림을 예쁘게 그려 넣었다. 뒷면에는 천연색의 'HAPPY BIRTH DAY'와 케이크 그림이 정성스레 그려져 있었다. 생일 축하 인사와 할아버지가 태어나지 않았다면 저도 없을 뻔했다는 감사 인사였다. 오 학년답게 잘 다듬어진 글솜씨였다. 그중 한 부분이 마음을 붙잡았다. '제 고민 좀 들어주세요. 나은이가 저한테 대들고 까불어서 힘들어요.' 하는 대목이었다. 두 살 아래 동생과 잦은 갈등이 있는가 보다. 언니는 동생이 잘 따르기를 바라고 동생은 언니가 귀여워해 줬으면 하는 바람이 기대치에 미치지 못하는 모양이다. 어릴 때는 지지고 볶으면서 둘의 간격을 조금씩 허물어가는 것이다. 손녀는 그것을 큰 고민거리로 여길지도 모른다. 못 들은 척하기엔 너무 무관심하게 여겨질 것 같았다. 서로 소통하는 좋은 해결방법은 없을까?

초등학교 삼 학년 때다. 덩치가 큰 이 학년 후배와 크게 싸운 일이 있었다. 이유는 선배를 꼬맹이라고 얕잡아보아 자존심이 상한 때문이었다. 일 년 후배라지만 나는 우리 반에서 열 번째 안쪽에 머무는 작은 키의 꼬마였다. 그런 나와 후배의 싸움 결과는 뻔했다. 실컷 두들겨 맞았다. 분을 삭이지 못하고 이튿날 또 싸움을 걸었다. 온몸에 멍투성이였다. 두들겨 맞을수록 분은 더욱 북받쳤다. 끈질기게 삼 일째 되던 날에도 싸움을 걸었다. 후배가 겁에 질린 듯 뜻밖에 항복했다. 으스러지게 맞고 이긴 싸움이었다. 차오르던 분과 상처가 한꺼번에 싹 가시었다. 어디서 그런 깡다구가 나왔을까? 일 년 선배란 자존심과 우리 마을 선배의 응원 때문일까? 우리 마을과 후배가 사는 옆 동네 선배들의 기 싸움도 불꽃을 튀겼다. 삼학년이라는 자긍심과 우리 마을의 체면을 지켜냈다며 좋아했다. 문득 '지는 것이 이긴다.'는 말이 떠올랐다. 이겼다고 좋아했던 싸움이 오십 년의 세월이 지난 지금에 이르러서야 졌다는 것을 깨달은 우둔함에 얼굴을 붉어졌다.

살아가면서 많은 싸움과 마주쳐야 했다. 내가 원하건 원하지 않건 상관없었다. 싸움이라면 무조건 이겨야 한다는 강박 관념을 버리지 못했다. 어려서부터 싸워서 이기는 법만 늘 배워왔지 않는가. 이겨야 한다는 것은 인간 본성의 문제였다. 따지고 보면 이기기 위한 싸움이 아닌 것이 없었다. 학교에서부터 사회생활에 이르기까지 삶은 경쟁으로 이루어지지 않은 게 없었다. 일상에 쫓기며 치열하게 벌이는 경쟁의 상대는 바깥쪽에만 있는 줄 알았다. 그것은 착각이었다. 퇴직 후, 지나온 삶을 조용히 관조하는 시간을 가지면서 가장 어려운 싸움 상대는 바로 나 자신이라는 것을 알았다. 무엇하나 끈질기게 이뤄내지 못하고 세월에 밀려 떠내려온 자신을 발견했다. 작은 노력으로 요행만 바랬다. 이제까지 싸우지 않고 이기는 삶을 살아온 것이 아니라 한번 싸워볼 마음조차 내보지 않고 살아왔다.

갈등과 대립은 가까운 관계일수록 잦아지기 마련이다. 고부간의 관계도 마찬가지다. 가장 가까운 사이이기에 갈등도 그만큼 큰 것이다. '아들과 며느리가 다투면 고까워도 며느리 편을 들어라. 며느리의 티끌만 한 장점도 대들보인 양 칭찬해 주라. 집안 대사는 반드시 며느리와 상의하고, 여기가 네 집이란 주인의식을 느끼게 하라. 관심과 칭찬, 비움과 사랑이 백전백승보다 싸우지 않고 이기는 법이다. 아들에 대한 집착과 연민이 갈등의 불씨다. 나와 며느리의 갈등이 아니라 욕심과 집착을 버리는 나와의 싸움에서 이기는 것이 싸우지 않고 이기는 법이다.' 신新 줌마 병법을 마음에 새긴다.

손녀에게 일러줄 답변이 어렴풋하게 떠오른다.

삼강주막

삼강주막을 뒤로하고 빠져나오는 발길이 아쉬웠다. 다하지 못한 이야기들이 뒤를 돌아보게 했다. 무엇인가 모를 미련이 승용차 안까지 뒤따라와 덩실덩실 어깨춤을 추게 했다. 때에 찌든 마음과 가식이 삼강에 씻긴 듯 홀가분하다. 깃털같이 허공으로 둥둥 날아오르는 기분. 무엇이 이토록 가볍게 만들었을까?

주막 바로 앞 살평상에 주안상을 가운데 두고 문우들이 빙 둘러앉았다. 부침개와 두부, 묵을 안주 삼아 막걸리잔을 주거니 받거니 했다. 몇 순배 돌았을까? 얌전을 빼던 문우가 해롱거렸다. 냄새도 맡지 못한다던 술을 한 잔이나 마셨다. 풀리지 않던 빗장을 나룻배에 실어 보내고 알몸으로 앉았다. 거추장스러운 껍데기를 벗어던지고 나면 저렇게 홀가분할까. 여느 때와는 다른 분위기였다. 한 문우의 익살스러운 유머가 술기운과 함께 무르익어 갔다. 배를 움켜잡고 깔깔대며 웃음을 멈출 줄 모르는 문우들. 옛 주막의 농익은 기운을 옮겨 놓은 듯했다. 때론 젊은 시절의 밀폐된 공간을 잠영하듯 엿보다가 잊힌 첫사랑을 떠올리며 사색에 잠기기도 한다. 순백의 아름다움이 함께 일렁이고 있다. 지금 이 순간에 정성을 다하는 삶을 터득하기라도 한 듯.

긴 강물이 꼬리를 물고 술래잡기 하듯 유유히 흐른다. 굽이굽이 산을 돌고, 들판을 가로질러 바다까지 흘러가야 하는 먼 여정이지만 서두름이 없다. 그저 쉼 없이 흐르기만 한다. 낙동강의 흐름을 엿보던 내성천이 지친 몸을 맡기듯 섞여 한 줄기를 이룬다. 숨결을 죽이며 조심스레 다가서던 금천이 큰 강의 손짓에 휩쓸려 등에 업힌다. 모태가 다르고, 성질이 다르고, 빛깔이 다른 물이 몸을 섞어 아무 거부반응도 없이 한 호흡을 이루며 여행하는 모습이 경이롭다. 장애물이 다가서면 감싸 안고, 낮으면 낮은 데로 곤두박질하며 흐른다. 오물이나, 찌꺼기나, 코를 찌르는 독한 약품을 쏟아 부어도 상관하지 않는다. 누가 앞을 가로막으면 조용히 쉼표를 찍으며 뛰어넘을 수 있을 때까지 몸집을 부풀릴 뿐이다. 편견과 욕심이 없다. 누구를 탓하거나 미워하지 않는다.

술잔을 기울이던 문우가 강물을 닮아 마음을 섞느라 횟수가 거듭될수록 찌꺼기를 토해낸다. 모습이 다르고, 성향이 다르고, 향기가 다르고, 삶의 방식이 다른 사람이 모여앉아 때 묻은 옷가지를 벗어 던지고 있다. 까닭이 없는 마음을 섞고 싶어 하고 있다. 한 잔을 마시면 서로의 벽을 허물고, 두 잔을 마시면 서로 이해하게 되고, 석 잔을 마시면 마음의 길을 트게 되고, 넉 잔을 마시면 허물을 걷어내고, 다섯 잔을 마시면 한 넝쿨이 된다. 만나는 사람과, 마시는 장소와 분위기가 상상을 뛰어넘어 연출해내는 격의 없는 어울림에 놀랐다. 각기 다른 개성의 향기가 소통하고 교류하며 융합하여 한 화음으로 뭉쳐지고 있다니. 모두가 꿈꿔온 이상향을 찾은 듯 몸과 마음을 내려놓았다. 삼강에 빠져들지 않고는 배길 수 없음인가.

회나무 그림자가 목을 길게 늘어뜨리고 내려와 옷자락을 붙잡았다. 약속이라도 한 듯 줍디줍은 주막 안의, 멈춰선 시공간 속으로 하나둘 경쟁이라도 하듯 빨려 들어갔다. 좁은 문을 들락거리는 주모의 발걸음이 잦아짐을 엿보았다. 해거름에 한둘씩 모여드는 나그네들이 꽉 찬 공간을 비집고 들어와 살갗을 맞대었으리라. 허기진 마음을 주모의 컬컬한 막걸리 한잔과 곁들인 걸쭉한 농으로 채웠으리라. 조용히 귀를 기울이고 있노라면 어느 묵객의 구성진 목청을 길게 뽑으며 읊조리는 시조 한 수가 강나루에 번져나가고 있는 듯했다. 주막의 좁은 방안을 가득 메우는 과객의 푸진 이야기가 나그네의 밤잠을 설치게 했으리라. 하루의 고달픔을 풀어 젖히고 잠을 청하는 보부상이 향수가 얽힌 긴 사연을 회나무 가지 끝에 매달았으리라. 삶이란 녹록지 않을 터. 봇짐 속에 꼬깃꼬깃 구겨 넣어둔 가족들의 크고 작은 애환도 함께 잠재웠으리라.

쉴 곳이 있다는 것은 꺼질 것 같던 불씨를 활활 타오르게 할 수 있음이다. 동쪽에서 발원하여 서쪽으로 길게 육백 리를 흘러와 북쪽으로 치솟아 굽이치며 내성천과 금천을 끌어안고 남쪽으로 또 칠백 리를 흘러가야 하는 낙동강의 장대한 기운이 정점을 이루는 곳이 삼강주막이다. 오백 년이 넘는 세월만큼 키를 높인 회화나무의 위용을 등에 업은 여남은 평의 주막이 묵객과 보부상이 마음을 내려놓는데 더할 수 없이 소중한 보금자리였으리라. 방안의 온기가 쌓인 피로를 녹아내리게 하고, 하룻밤이란 짧은 시간이, 살갗을 맞대고 주고받는 정담이 지친 삶을 가다듬게 해 주었으리라. 쉼이란 단순한 쉼이 아닌, 지나간 삶을 뒤돌아보게 하고 다가오는 날들을 알차게 가꾸어가려는 준비 기간이다. 쉼은 정지가 아니라 의미 있는 삶의 진행형이다. 쉼은 마음의 불순물을 걷어내고 삶을 정제하는 일이다.

삼강이 몸을 섞고, 문우들이 둘러앉아 정을 섞고, 묵객과 보부상이 마음을 섞고, 현재와 과거가 공간을 섞어 한데 어우러져 흐르는 것이 강물이고 삶이다. 바다를 향해 흐르는 것이 강물이라면 미지의 세계를 향해 흘러가는 것이 우리의 삶이리라. 잠시 생명이라는 허울을 빌려 마음 붙이고 살아가는 것이 삶이 아닌가. 누구를 좋아하고 누구를 미워할 것인가. 무엇을 탐하고 무엇을 비울 것인가. 바다를 향해 물길을 연 낙동강을 따라 미지의 꿈을 좇아 내달은 삶의 고단함도 함께 흐르고 있다.

오랜 세월을 두고 겹겹이 쌓인 많은 사람의 애환과 피로를 무언의 몸짓으로 끌어안기만 했을 삼강주막의 환영이 땅거미 지는 어둠 위에 깔리고 있다.

영화 '은교'를 보고

은교는 신록의 싱그러움처럼 늙은 시인의 침잠된 영혼을 흔들어 깨웠다.

산속에 위치한 시인 이적요의 큰 저택은 덩그러니 외로워 보인다. 사람이라곤 늙은 시인과 중년의 제자 서지우, 둘뿐이다. 이 층으로 된 저택에는 빈틈없는 책장과 빼곡히 꽂혀있는 책들. 책상이랑 탁자들이 바닥을 비집고 간신히 엉덩이를 붙이고 앉아 있다. 그 위에는 필기구랑 원고지가 어지럽게 늘려 있다. 다기와 일상의 잡다한 가구며 소품들도 제 빛을 잃은 채 아무렇게나 놓여있다. 넓은 유리창은 때가 끼어 어두컴컴하니 여자가 없는 집임을 쉽게 알 수 있었다. 서지우 소설가가 은사의 뒷바라지를 한다. 사제지간이면서도 자식처럼, 때론 친구처럼, 어떤 때는 애인처럼. 오래 같이 생활해서인지 입맛이나 가구의 정돈과 일반습관 등 취향을 낱낱이 파악하여 스승을 섬기는 데 어긋남이 없다.

서지우와 시인과의 인연은 우연하게 맺어졌다. 모 대학 '시'에 대한 강좌 시간이었다. 이적요 교수의 수업이 끝날 때쯤 들어와 난데없는 질문으로 인연의 씨앗을 뿌리게 되었다. 공과대학 무기無機재료학과의 학생이 문학에 이끌려 전공과를 버리고 택한 것이 인연의 실마리였다. 교수를 가까이서 모시며 존경하고 뒷바라지하는 일이 서지우의 타고난 운명이었는지도 모른다. 은교와의 인연 또한 우연이었다. 담을 넘고 들어와 흔들의자에 잠들어 있던 것이 깊은 인연으로 발전하게 된다. 인연이란 쉽게 이루어진 것 같으나 그 인연의 꽃은 상상할 수 없는 다양한 형태로 피어난다. 좋은 씨앗을 뿌린 인연은 좋은 결과를 낳게 되고, 나쁜 씨앗을 뿌린 인연은 나쁜 열매를 맺게 되는 것이 자연의 섭리다.

무겁고 닫힌 생활을 영위하고 있던 시인과 제자의 삶에 은교의 등장은 신선한 충격이었다. 열여섯 살의 어린 나이지만 집안 분위기를 바꿔 놓는 데 조금도 모자람이 없었다. 아름다운 몸매와 발랄함, 밝고 활짝 열린 마음이 시인의 가슴 깊은 곳에 스며들어 뿌리를 내리는 데는 오랜 시간이 필요하지 않았다. 유리창을 닦고, 집 안을 청소하고, 서재를 정돈하고, 샌

드위치를 만들고, 따뜻하고 진솔한 정을 아낌없이 쏟았다. 외롭고 가난한 은교에게 시인은 친할아버지이고, 친구이고, 마음의 안식처였다. 은교는 자기 가슴에 그려진 '창'과 똑같은 문신을 늙은 시인의 가슴에 그려주며 심장을 뛰게 하고 감성을 되살아나게 했다.

이적요 시인에게 은교는 손녀이고, 벗이고, 애인이고, 가슴을 두근거리게 하는 사랑이었다. 경직되고 수치화된 생활에서 탈피하여 사랑이란 새로운 세계로 빠져들게 한 계기였다. 예순아홉의 늙은 시인이 열여섯 살 소녀의 세계를 탐험하는 탐험가처럼 인생을 역주행했다. 소녀들의 인사법을 본떠 '헐'*하고 인사하자 깔깔거리고 웃어대는 은교를 보며 젊음을 낚시질하고 있었다. 젊은이들이 모이는 카페를 드나들고, 젊은이들이 주고받는 신조어를 내뱉으며 젊음에로의 삶이 자연스럽게 똬리를 틀었다. 인간의 삶은 환경의 영향에서 벗어날 수 없다. 주위의 구성원이 누구인가에 따라 삶의 질과 행태도 서로 닮아간다.

이적요, 서지우, 한은교의 만남은 삼각관계를 이루며 복잡하게 치닫는다. 은교를 가운데 두고 갈등하는 스승과 제자. 감정의 골은 점점 깊어만 간다. 늙은 시인이 써 놓은 소설 '은교'를 훔쳐본 서지우는 스승과 은교와의 관계를 의심하며 강한 질투를 느낀다. '은교'를 스승 몰래 '문학동네'에 발표

한다. 늦게야 이 사실을 알게 된 스승은 격분한다. '은교'가 이상 문학상을 타게 되고, 시상식에 참석한 이적요 시인은 축사를 통해 "젊은 너희의 아름다움이 너희의 노력으로 얻은 것이 아니듯이 늙은이의 주름살도 늙은이의 잘못에 의해서 얻은 것은 아니다." '젊음도 노력으로 얻어진 것이 아니다.' '늙음도 벌이 아니다.'는 말로 작품의 도용과 늙은이로 취급하는 서지우를 우회적으로 꼬집었다. 시인의 생일축하 파티가 있던 날, 서지우와 은교의 섹스 장면을 목격하게 된다. 그길로 서지우 자동차의 타이어에 못을 박고 코란도의 너트를 빼 사고를 유발하여 서지우를 죽음으로 내몰았다.

영화 '은교'는 주인공을 소녀와 중년, 노인을 계층별로 나누어 삶의 형태와 사고를 폭넓게 묘사한다. 청소년들은 발랄하고 호기심과 모험심 즐기기를 좋아했다. 은교가 늙은 시인의 가슴에 문신을 그려주는 일과 서지우와 서슴없는 섹스가 그를 말해주고 있다. 중년층은 강한 욕구와 왕성한 활동으로 모든 것을 쟁취하려 한다. 욕구 충족을 위해 서지우는 스승이 쓴 원고 '은교'를 훔쳐 이상 문학상을 받고, 은교의 처녀성을 짓밟는 등 모든 것을 소유하려 한다. 노인층은 느끼고 음미하며 인내한다. 이적요는 은교의 숨결과 맥박, 아름다움을 음미하고, 발랄하고 천진난만함을 느끼며, 진솔한 사랑에 침을 삼키며 견딘다.

이 영화는 인간의 본능 중 하나인 성욕을 여과 없이 파헤치고 있다. 질투는 나이가 많든 적든 인간 본질의 문제임을 말해주고 있다. 이적요와 서지우, 한은교가 벌이는 사랑의 깊이와 방법, 모양도 서로 다르게 묘사한다. 이적요는 서지우가 '은교'를 훔쳐 발표한 것보다 은교의 내면을 세상에 드러내는 것을 더 아프게 생각한다. 이것은 가장 은밀하다고 생각한 부분을 노출했을 때 자신의 인품에 치명상을 입는다는 수치감. 이상주의자들의 심리적 작용을 대변하는 부분이다. 고교생인 은교가 견디어 내기 어려운 아픔이기 때문이다. 제자와의 사랑은 또 다른 사랑으로 인해 죽음으로 이끈다. 은교와의 사랑은 사랑을 한 단계 뛰어넘은 신성함으로 묘사한 것이 인상적이다.

이적요는 "네가 일깨워준 감각의 예민한 촉수들이야말로 내가 썼던 수많은 시편보다 훨씬 더 신성에 가깝다는 것을 알았다."고 말한다. 이적요에 있어 은교는 맑은 영혼이 살아 생동하는 인류 최고의 예술품이다.

* 헐 : 황당하다

김상규 수필집

도깨비의 역설

2부
선물

• • •

삼 일간의 홀아비

지난여름 아내가 휴가를 갔다. 2박 3일간이었다. 내가 제일 싫어하는 것이 남자가 혼자 청승맞게 밥해 먹는 것이었다. 이제까지는 집에서 혼자 밥해 먹을 일이 없었다. 여행도 아내와 같이 가든가 나 혼자 했다. 아내가 감기로 누웠어도 밥을 해 주지 않으면 굶었다. 그런데 이번에는 꼼짝없이 내 손으로 해야 할 처지가 되었다. 며칠 전 여느 때와 다른 아내의 수다가 미심쩍었는데 그 대가를 톡톡히 치르게 되었다.

밥을 할 줄 몰라서 그런 것이 아니다. 고교 시절 이 년이나 자취생활을 했기에 된장찌개와 김치찌개를 끓이는 솜씨는 일품이다. 어머님이 오시기라도 하면 솜씨를 자랑할 정도였다. 그런 솜씨를 두고 결혼 후에는 요리와 거리를 멀리했다. 학창시절의 자취생활이 마음에 걸렸기 때문이리라. 게다가 마음 밑바닥에 깔린 봉건주의 사상과 가부장적 자존심이 주방 출입을 거부하게 했는지도 모른다. 신혼 초부터 아내의 습관을 잘 들여야 한다는 의도도 한몫 거들었다.

삼 일간의 식사를 어떻게 해결해야 하나. 시간이 길게만 여겨졌다. 하루 분의 밥이랑 국을 장만해두고 간 것만도 다행이었다. 전기밥솥의 따끈한 밥을 먹으며 온갖 상념에 잠겼다. 삼식이니, 황혼 이혼이니 하는 말들이 퇴직 후 남자들의 마음을 웅크리게 한다고 했다. 큰 솥을 사들이는 것을 두려워해야 하는 것이 남자의 신세라 했던가. 직장생활을 할 때처럼 위풍당당하게 처신하다가는 쫓겨나기 일쑤라 했다. 아내가 멸치볶음이랑 몇 가지 밑반찬을 만들어놓고 간 것이 이렇게 고마울 수가 있을까. 일방적 지시로 아내를 구속하던 우월주의가 부끄럽게 느껴졌다. 짧은 여행이지만 그간 내 잘못을 참회할 수 있는 값진 계기가 되었다. 상대로부터 배려를 받으려면 내가 먼저 베풀어야 하는 것이 인간관계의 철칙이리라.

자취생활의 희미한 기억을 더듬어 된장찌개를 끓였다. 김이 모락모락 나는 뚝배기에서 잊었던 추억이 함께 피어오른다. 밥솥과 뚝배기를 통째로 밥상에 올려놓고 먹던 기억이 아른거린다. 설거지 시간을 줄이는 지혜였다. 뜨거운 것도 아랑곳하지 않고 한 숟가락이라도 더 많이 먹으려고 치열한 경쟁을 벌였다. 급히 삼키느라 입천장이 벗겨지고 눈물을 쏟아냈다. 그때는 왜 그렇게 욕심을 부렸을까? 영감 할멈이라 부르며 동거한 친구에게 밥 한 술갈 양보할 아량은 왜 없었을까. 하기야 보릿고개를 겪어야 했던 시절이라 질보다 양이 우선이었다. 한창 식욕이 넘치는 나이에 배를 채울 방안이 달리 없었으니 그럴 만했으리라. 까닭 모를 미소가 피어올랐다.

사람들은 위기를 당하면 극복하려는 본능이 강하게 작용하는가 보다. 그때그때 환경에 적응하려는 의지의 정도에 따라 상황은 크게 달라지는 것 같다. 라면을 끓여 먹든가, 자장면을 시켜 먹든가, 친구를 불러내어 술을 마시며 식사를 대신하려 했던 생각과는 달리 건실한 생활을 꾸려 나갔다. 오히려 아내가 있을 때보다도 더 충실했다. 밥을 짓고, 청소하고, 커피 한 잔으로 허전함을 달래는 여유까지 부렸다. 아마 혼자라는 무료함을 잊으려한 억지였는지도 모른다. 당신이 없어도 충분히 잘할 수 있다는 것을 과신하고 뽐내기 위한 몸부림이었다.

가까이 놓고 자주 쓰던 물건이라도 잠시만 없으면 아쉬운 법이다. 하물며 아내가 옆에 없으니 그 불편함은 이루 말할 수 없었다. 그것도 예순이 넘어선 나이에 외톨이로 있다는 것이 이렇게 어려우리라는 것을 짐작하지 못했다. 삼 일이란 날짜가 이토록 길게 느껴질 때도 없었다. 아내가 애타게 기다려

지는 것이 이상한 노릇이다. 내가 애태우는 것만큼 아내를 소중하게 여기고 있는 걸까? 조용히 내 마음속을 들여다보았다. 한순간이라도 나 자신의 불편함을 면해보려는 속셈만 가득 차있었다. 그러는 가슴 한편에서는 아내의 소중함을 여리게 싹 틔우고 있었다.

아내가 소중해서이든, 나의 불편을 면하기 위해서든 기다려진다는 것은 존재의 가치를 인정하고 있기 때문이리라. 밝게 웃으며 문을 열고 들어오는 아내에게서 동해안의 맑은 기운이 감돌았다.

어느 목사의 주례사

　지인의 아들 결혼식이 있었다. 녹색의 수도라 일컫는 청주의 한 예식장에서 치러졌다. 번화가를 벗어나 한적한 곳에 자리 잡은, 그리 화려하지 않은 예식장이었다. 조금은 촌스러워 보여 속내를 드러낸 정겨움이 묻어났다.

　결혼식이라 해야 늘 하는 식으로, 틀에 짜인 의식을 정해진 순서에 따라 치르는 행사이다. 생면부지 했던 처녀 총각이 만나 가족이라는 이름으로 한 쌍을 이루는 의례다. 오늘 새로운 한 가정이 탄생하였으니 축하객 여러분들이 증인이 되어달라는 형식과 절차를 밟는 것이다. 결혼식을 올린 순간부터 한 개체로서의 성향을 지녔던 이미지가 부부라는 새로운 울타리를 두르고 한 묶음이 되는 것이다.

　결혼식의 포인트는 주례사가 아닌가 싶다. 살아오면서 몸소 체험하고, 부닥친 어려움을 헤쳐나가며 얻은 느낌과 지혜를 신혼부부에게 일러주어 행복한 삶의 지름길을 갈 수 있게 이끌어주는 것이 주례사다. 주례사는 주례의 성향에 따라 다르긴 하나 대다수 기본 틀에서 벗어나지 못하는 경향이 있다. 부모에게 효도하고, 부부간에 사랑하고, 아들딸 많이 낳고, 가족과 친척에게 예와 도리를 다하고 행복한 가정을 꾸리라는 등이 그것이다.

그날의 주례사는 남달랐다. 결혼상대는 두 눈을 크게 뜨고 고르고 일단 결혼하고 나서는 배우자를 한쪽 눈으로 바라보며 살라는 것이다. 평생 함께해야 할 동반자인데 누구인들 소홀하겠느냐마는 선택보다 결혼생활을 영위하는 방식에 무게를 두었다. 즉 상대를 고를 땐 단점만 살피고 결혼 후에는 장점만 보라는 것이다. 무엇보다 부부간 눈높이를 맞추고 친구같은 부부가 되는 것이 이상적인 부부라 일렀다.

결혼이란 단순히 두 사람만의 결합으로 이루어지는 것이 아니다. 그 속은 미묘하고 복잡한 상관관계가 얽히고설키어 있다. 결혼상대자끼리의 소통은 두말할 필요도 없겠지만, 양쪽 집안의 가문과 전통, 환경이 크게 작용한다. 경제와 양가의 인적 구성원이 눈에 보이지 않게 영향을 미친다. 사고와 생활양태가 서로 다른 양 가문의 결합. 실타래처럼 얽혀있던 인연이 오랜 세월 동안 발아 조건을 기다렸다가 드디어 싹을 틔운 것이 결혼이다. 새로운 조건과 짐을 짊어지게 된 삶이 결코 행복해지는 것만은 아니니라.

우리는 대부분 주례사와 정반대의 삶을 살아가고 있다. 상대를 선택할 때는 장점만 보고 좋아했는데 살아갈수록 장점은 눈 녹듯 사라지고 단점만 덩그러니 남는다. 이웃한 지인의 부부싸움을 훔쳐본다. 내가 짜놓은 틀에 맞지 않는다고 상대를 원망하며 책임을 뒤집어씌운다. 부족함이 많은 삶을 나의 잘못이 아닌 상대자의 잘못으로 돌린다.

사람들은 자기가 선택한 일에 책임을 다하지 않는 예가 허다하다. 자기가 고른 사람이나 물건은 고를 때의 정성만큼이나 귀하게 보듬고 다듬어 값어치를 높여야 하는데도 그러지 못했다. 오히려 세월이 갈수록 가치를 하나씩 떨어뜨리고 있다. 선택에 대한 소중함을 망각한 채 하나를 얻으면 다시 둘을 얻으려는 욕심만 채우려 하기 때문이다.

보름 전, 대형마트에서 쇼핑하던 때다. 우연히 눈에 띄는 옷이 있었다. 색상과 디자인을 살펴볼 틈도 없이 선뜻 집어 들었다. 실밥이 느슨하다느니, 옷감이 좋지 않다느니 하는 아내의 만류도 아랑곳하지 않고 즉흥적인 기분에 젖어 샀다. 집에 와서 입어보는 순간 마음에 들지 않았다. 우격다짐으로 사온 터라 내색 한번 못 했다. 버릴 수도 없어 옷장만 비좁게 했다. 한쪽 눈으로 본 탓의 결과이리라.

　전자제품 판매장에 음향기기를 사러 갔을 때였다. 각양각색의 디자인과 성능을 자랑하듯 제품마다 특징이 달랐다. 어떤 것은 모양이 멋있어 눈길을 끌었고, 또 다른 제품은 노래방 장치까지 곁들여 있어 호기심을 일게 했다. 중앙에 전시된 한 제품은 출시된 지 얼마 되지 않아 성능이 우수하고 기능이 다양하다고 했다. 최신형이 그래도 좋지 않을까 하고 샀다. 그러나 기능이 다양해 사용이 불편했다. 사들일 때와 사용할 때의 차이가 판이했다.

　'순간의 선택이 십 년을 좌우한다.' 는 전자제품 회사의 홍보 문안이 생각났다. 목사님의 주례사가 가슴을 파고든다. 선택보다 선택 후의 가꿈이 행복한 삶의 윤활유인 것을.

흐르는 것은 썩지 않는다

퇴근 시간이 멀었는데도 도로가 꽉 막혔다. 교통 사정을 고려하여 여유를 두고 출발했는데 엉뚱한 상황이 벌어졌다. 이십 분은 더 가야 하는데 약속시각은 십 분밖에 남지 않았다. 길게 꼬리를 물고 있는 차량 행렬이 언제 움직일지 예측할 수 없었다.

아이들에 대한 아내의 기대는 남달랐다. 어느 부모치고 자녀에 대한 기대가 크지 않은 사람이 어디 있겠는가. 누구나 자기 아이들이 착하고 예의 바르기를 바랄 것이다. 공부 잘하고 말썽을 부리지 않기를 원할 것이다. 건강하고 훌륭하게 나라의 큰 일꾼으로 자라주는 것이 희망일 것이다. 아내도 그랬다. 아이들이 학교에 다니면서부터 성적에 신경을 곤두세웠다. 시험문제를 하나라도 틀리면 야단이었다. 공부도 그러려니와 말을 제대로 듣지 않으면 낙심이 이만저만이 아니다. 누구를 닮았느니, 어떤 인물이 되려느니…. 자기만의 틀을 마련해두고 아이를 그 안에 몰아넣고 있었다. 보다 못해 "기계를 낳지 왜 아이를 낳았느냐?"며 핀잔을 주어도 막무가내였다. 그때는 아이가 아내의 삶 전부처럼 비췄다.

　지난여름 낙동강에 녹조 현상이 일어났다는 기사가 났다. 물속에 질소나 인 같은 무기물이 지나치게 많아져서 이것을 먹고 사는 조류가 번식해 물의 색깔이 녹색으로 바뀌는 것을 말한다. 정부와 각 단체는 자기에게 유리한 견해와 해석을 내놓았다. 큰 이슈로 등장한 것이 4대강 사업이다. 보를 막아 물이 고이게 되어 생긴 녹조라고 했다. 어떤 문제가 생기면 원인을 밝히고 해결 방법을 찾아내어 바르게 고치는 것이 올바른 대책이리라. 정치와 언론은 해결은 뒷전이고 먼저 이슈화하기에 급급하다. 문제의 본질은 간곳없고 유리한 고지를 점령하기 위한 언쟁만 분분하다. 관심을 한곳으로 모아놓고 자기가 짜놓은 틀 속으로 국민을 몰아가려 한다. 4대강 사업이 물길을 막은 것일까? 아니면 물길을 넉넉하게 한 것일까?

　TV의 어느 프로에서 한 할아버지의 기구한 삶을 보았다. 할머니를 먼저 떠나보내고 다리 밑에서 거지 같은 생활을 하는 장면이 비참하기 그지없었다. 생전 아내를 고생시킨 죄책으로 집을 나와 남루한 삶을 자초하고 있었다. 할아버지의 생각은 오직 할머니에 대한 죄책감뿐이었다. 골똘한 생각이 삶을 벼랑으로 내몰고 있었다. 멈춰선 생각이 사람을 상상하기 어려운 모습으로 바꾸어 놓았다. 할머니를 위하는 길이 이 길밖에 없었을까. 돌아가신 할머니가 할아버지의 이런 모습을 좋아할까.

일 킬로미터쯤 갔을 때 사고 차량 두 대가 한 차선을 가로막고 비상등을 껌뻑이고 있었다. 오 차선 도로의 한 차선이 막혔는데도 전 차선의 차량흐름을 더디게 했다.

생각은 자연스럽게 들어왔다가 흘러나가게 해야 하는데 아내는 그렇지를 못했다. 자식 사랑이 집착으로 변하여 다른 생각이 들어올 틈을 주지 않았다.

정부와 정치는 국민을 행복하게 만드는 것이 본연의 의무이다. 모두 자기의 입지 확보에 신경을 쓰느라 국민들을 보지 못하고 있다.

흐르지 않는 것은 없다. 어김없이 흐르는 것이 세월이고, 강물이며 생각이다. 정체는 퇴보를 의미한다. 우리의 생각도 멈추면 썩고 만다.

선물

밝고 파란 색상의 계기판이 산뜻하다. 운전석에 앉자 꼭 안방에 들어온 것 같이 포근하다. 낡은 집에 살다가 잘 꾸며놓은 현대식 주택으로 이사한 기분이랄까.

보름 전쯤이었다. 아들과 며느리가 느닷없이 자동차를 한 대 사주겠단다. 아닌 밤중에 홍두깨라더니 갑자기 자동차는 무슨. 혹시 잘못 들은 것이 아닌가 하는 의심을 떨칠 수 없었다. 셋이나 되는 아이들 교육하기에도 빠듯할 텐데, 무슨 돈이 있다고 차를 사주겠다는 건가? 피아노학원이며 미술학원, 영어학원 등 사교육비가 만만치 않은 시대라 웬만큼 벌어서는 감당이 안 되는 세상이다. 한 푼 보태주지 못해 늘 미안한 마음이었는데. 반가움보다 무거운 마음이 앞섰다. 부모로서

힘이 되어주지 못한 무능함이 솟구쳐 올랐다. 요즈음 회자하고 있는 '할아버지가 돈이 많아야 손자 손녀들이 출세한다.'는 말이 더욱 가슴 깊이 와 닿았다. 도움을 주지는 못할망정 짐이 되어서는 안 되지 않은가. 몇 개월 전부터 생각해온 모양이다. 어렵게 마련한 성의를 물리치기 어렵다.

그렇지 않아도 차를 바꿀 생각을 하고 있었지만 만만치 않은 비용 때문에 엄두도 못 내고 있었다. 운행에 말썽을 부린다면 몰라도 그렇지는 않았다. 십삼 년이나 탔으니 새 차 같기야 하랴. 연륜의 훈장처럼 소소하게 카센터를 찾는 횟수가 전과 같지는 않았다. 수동식에다 주행거리가 삼십만 킬로미터를 넘었으니 언제 무슨 고장을 일으킬지는 예측할 수 없다. 다만, 정기적인 점검을 게을리하지 않아 아직 십 년은 더 탈 수 있다는 정비사의 칭찬을 위안으로 견디고 있는 형편이다. 여의치 않으면 자동차 이십 년 타기 기록에 도전해볼 생각마저 했었다. 차를 구매하지 못해 궁리 중이었는데 새 차가 생기고 나니 호사스런 고민이 고개를 내밀었다. 그래서 인간을 간사한 동물이라고 했던가. 멀쩡한 차의 작동을 물리적으로 멈추게 하는 것이 폐차가 아니더냐. 늘 그림자처럼 따르며 동고동락했으니 그럴 만도 하다. 십 년이 넘도록 정이 고스란히 배어있는 반려자 같은 차가 아니던가. 그런 분신 같은 차를 폐차해야 한다니 서운하지 않을 수 있으랴.

아내와 며느리, 손녀를 새 차에 태우고 운전하는 기분은 봄 기운처럼 부풀어 올랐다. 십삼 년간 희로애락을 함께하며 애지중지하던 정든 차를 폐차시켜야 하는 무거움이 가슴 한쪽을 짓누르고 있었는데 순식간에 사라졌다. 하나를 잃은 허전함은 무엇인가 대체될 수 있을 때 치유될 수 있다는 것이 인간의 심리라더니 이를 두고 한 말인 것 같았다. 그래서 인간은 늘 새로운 것을 희구하고 쟁취하려 노력을 기울이는 것이리라. 선물은 선물 그 자체만으로도 귀한 것이지만 준 사람의 정성과 따뜻한 온기가 흐르고 향이 배어있기에 더욱 소중한 것이리라. 그 상대가 부모와 자식 간이건, 스승과 제자 간이건, 친구와 친구, 동료와 동료 간이건 다르지 않으리라.

시가지를 벗어나 외곽지를 달릴 때는 숨 가쁘지도, 요란하지도 않게 미끄러지듯 질주했다. 상쾌함이 막힌 기도를 시원하게 뚫어주는 기분이다. 생전 처음 받아보는 큰 선물이다. 아들과 며느리의 얼굴 뒤로 아버지의 모습이 겹쳐졌다. 십육 년 전 운명하셨다. 어머니를 먼저 떠나보내고 십칠 년간 혼자 지내셨다. 새로운 반려자를 만났으나 그분마저 먼저 떠나가셨다. 돌아가실 즈음 이, 삼 년간은 관절이 좋지 않아 늘 방에서만 생활하셨다. 얼마나 깊은 외로움을 삼키며 사셨을까? 주말마다 경주에 내려가 방을 청소하고 목욕을 시켜드렸다.

그것이 효도의 전부인 줄 알았다. 왜 아버지의 입장이 되어 세상을 바라보지 못했을까? 정리 정돈과 맨손체조라도 하시라며 몇 번이고 애원했지만 받아들여지지 않았다. 아니 그럴 기력조차 없는 것 같았다. 그것이 안타까워 잔소리만 잔뜩 쏟아 부었다. 잡비 몇 푼과 필요한 물품 몇 가지로 도리를 다한 것으로 여겼다. 정녕 아버지의 의중은 헤아리지 못하고.

아버지가 진정으로 바라던 것이 무엇이었을까? 사람은 자기가 제일 불편해하는 것에서 벗어나는 것이 가장 큰 소망이 아닐까? 새장 안에 갇힌 새는 창공을 마음대로 훨훨 날아다니고 싶어 하고 창공을 훨훨 날아다니는 새는 새장 안에 갇혀 보호받고 싶어 한다는 말이 있지 않은가. 기동을 못 하는 외로운 사람에게 값진 옷이 무슨 대수랴. 돈이 아무리 많은들 어디에 쓰랴. 가려운 곳을 긁어드리지 못하고 마음의 생채기만 남겼다. 어떻게 여행 한번 모시지 않았을까? 자신은 좋은 곳이라면 어디든 멀다 하지 않고 쫓아다니면서. 거동이 불편해도 차로 모시면 될 일을. 가슴을 확 트이게 할 넓은 바다가 있지 않은가. 온갖 상념을 잠재울 수 있고, 아늑하고 깊은 사유가 흐르는 산사가 있지 않은가. 잠깐의 외로움도 달래드리지 못한 불효가, 미치지 못한 생각의 뼈저림이 십육 년 전 생전의 아버지를 부둥켜안는다.

신혼살림을 차려 나가는 아들을 뒷모습만 바라보고 있었다. 무능한 부모를 곱잖게 보았을 며느리의 얼굴이 떠올랐다. 십삼 년간 미운 정 고운 정이 들어 가족이란 이름으로 뒹굴었다. 헛되지 않은 세월이었다. 재력가들이야 차 한 대가 그리 대단하랴. 새 차가 아닌 중고지만 내게는 더없이 소중하다. 며느리의 지혜와 재치, 알뜰한 정성이 배어있고 아들의 믿음직스러움이 담겨있기 때문이다.

자식 자랑하는 사람을 두고 팔불출이라 했던가. 부모님을 팔불출이 되게 해 드리지 못한 불효가 가슴을 아리게 한다.

사랑 시리즈

사랑한다는 건 살아있다는 증거다. 살아 숨 쉰다는 것은 크나큰 축복이다. 사랑이 없다면 삶의 의미도 없을 것이다.

어머니 사랑

뿌연 안갯속에 갇혀있던 유년의 기억이 어렴풋하다. 정확히 몇 살 때의 일인지 모른다. 어머니의 등에서 눈을 떴을 때 어딘가 낯선 곳에 와 있다는 생각뿐이었다. 그 후의 기억은 아무것도 없다. 이것이 내 유년기의 첫 기억이다. 청년이 되었을 때 들려주신 어머니의 말씀이 떠올랐다. 나의 유년기는 죽을 고비를 넘기며 심한 병치레를 했단다. 살아날 가망은 조금도 보이지 않아 아랫목에 밀쳐두고 죽기만을 기다렸다니 다시 태어난 셈이었다. 젖도 제대로 빨지 못하고 눈만 멀뚱멀

뚱할 뿐이었단다. 등에 업힌 기억도 병원에 가는 길이었다고 했다. 팔 킬로미터가 넘는 읍내 병원을 나를 업고 걸어서 치료를 받아야 했으니 그 노고야 말할 것도 없었지만, 마음고생이 얼마나 심했으랴. 아이는 부모의 사랑을 먹고 자란다는 말이 생각났다. 아기는 분명히 어머니의 젖을 먹고 자라는데 왜 사랑을 먹고 자란다고 했을까? 아무리 생각해봐도 이해가 되지 않는 말이었다. 나이가 들면서 뭔가가 느껴졌다. 역시 사랑을 빼어놓을 수 없었다. 육체적 발육에 없어서는 안 되는 것이 어머니의 젖이라면 사랑은 정신적인 성장에 필요한 것이다. 나는 정성이 깃든 어머니의 기도 덕분으로 두 번째 목숨을 싹 틔울 수 있었다.

아내 사랑

부부라는 천생연분이 따로 있는가 싶다. 청실홍실 엮어서 한 쌍의 부부가 되려면 팔천 겁의 인연을 쌓아야 이루어진다니 예사로 여길 일이 아니었다. 좋거나 싫거나 부부로 맺어짐은 둘의 타고난 숙명이리라. 좋고 나쁘고의 문제가 아니었다. 하늘이 정해놓은 인연을 만나느냐 만나지 못하느냐의 문제다. 사람의 힘으로 깨트릴 수 없는, 천생연분을 만나야 잘살 수 있게 되니 말이다. 사람들은 천생연분 같은 건 안중에도 없이 자기 분수를 모르고 기호에 맞는 상대를 찾으려 욕심을 부린다. 나도 그랬다. 구미에 맞는 상대를 구하기란 하늘의 별 따기보다 더 어려운 일이었다. 아내와는 스물두 살 때 첫 혼담이 오갔다. 첫 조건으로 내건 키에 미달하여 아예 선도 보지 않았다. 많은 아가씨와 선보느라 지쳤을 때였다. 키가 얼마나 작은 걸까? 얼굴이라도 한번 보자 했던 것이 부부의 인연으로 맺어지게 되었다. 작은 키에 실망감을 감출 수 없었으나 주어진 인연은 피할 수 없었다. 주위 사람들로부터 꼭 남매 같다는 말을 많이 들었다. 그럴 때마다 '이것이 우리의 인연이었나 보다.' 자위했다. 박봉의 어려운 살림살이에도 큰 불평 없이 알뜰히 살아준 아내가 고마웠다. 다 내어주고 빈껍데기로, 제대로 된 취미생활 하나 가지지 못한 아내를 볼 때면 미안함을 감출 수 없다.

자식 사랑

끝이 없는 사랑이 자식에 대한 사랑이 아닌가 싶다. 구십 세가 된 노인이 돌다리를 건너며 칠십 먹은 자식에게 '잘 두드려 보고 건너라' 며 걱정한다는 말은 자식을 아끼는 부모의 심경을 가장 적절하게 표현한 예이다. 자식에 대한 리필은 무한하다. 결혼하고, 살림을 차려 나가면 끝인 줄 알았는데 천만의 말씀이다. 식사는 제대로 하고 다닐까? 날씨가 추워지면 감기나 들지 않을까? 직장생활은 잘하고 있을까? 온갖 걱정이란 걱정 다 만들어내어 신경을 곤두세운다. 자식을 내보내고 텅 빈 집안을 걱정이 빈자리를 메우는 것인지도 모른다. 아내는 특별한 먹을거리가 있으면 아예 세 몫을 꾸린다. '이것은 손녀가 잘 먹고, 저것은 외손자가 잘 먹는다'며 챙긴다. 식당 음식을 싫어하는 편이라 집에서 종종 닭백숙이랑 탕수육을 만들어 전 가족이 한데 모여 즐긴다. 수육과 돈가스도 빠지지 않는 메뉴 중의 하나다. 김치랑 된장 고추장까지 모두 만들어 나눠준다. 보다 못해 음식을 나눠주는 대신 만드는 비법을 전수해주라며 핀잔을 줘도 못 들은 척한다. 어쩜 이런 것이 부모의 뗄 수 없는 정인지도 모른다. 출가한 지 십 년이 넘었으니 이제 그만둘 때도 되었는데 그칠 기미를 보이지 않는다. 사랑은 누가 시키거나 만류해서 될 일이 아닌 것 같다. 마음속에서 우러나오는, 조건 없는 무한한 사랑이 부모의 마음인가 보다.

사랑의 얼개

사랑의 얽힘이 없다면 우리는 살아갈 수 있을까? 알게 모르게 사랑의 얼개에 얽혀 톱니바퀴처럼 맞물려 돌아가지 않는다면 우리의 삶은 지탱할 수 없을 것이리라.

나는 내성적인 성격을 타고 태어났다. 어릴 때는 지나칠 정도로 수줍음이 많았다. 남의 앞에 나서는 일은 죽을 맛이었다. 뒤에 여학생이 따라오기라도 하면 걸음도 제대로 걸을 수 없을 만큼 부끄러움이 많았다. 남에게 피해 주는 걸 싫어했고, 내가 피해를 받는 것도 싫어했다. 엄격히 내 것은 내 것이고, 남의 것은 남의 것이었다. 융통성이 없고 허투루 가는 것을 용납하지 못했다. 어느 군청에서 직장생활을 처음 하게 되었다. 구성원 모두가 지성을 갖춘 사람들이리라는 기대를 걸고 말 한마디, 행동한 가지도 조심스럽게 했다. 그러나 기대가 크면 실망도 크듯 기대를 벗어난 양상에 실망했다. 사회는 내 생각과 달랐다. 나만 그렇지 않으면 된다는 사고가 허용될 수 없는 세상임을 깨닫게 되었다. 선배를 못마땅하게 여기고, 농담에도 얼굴을 붉히던 성격이 역설적인 모습으로 변했다. 술집과 다방을 드나들며 종업원을 놀려대기까지 했다. 직장 선배와 동료, 군민과 행정기관, 사회의 구성원 모두가 개개의 개체가 아닌 거미줄로 얽힌 일원의 한 부분이었다. 속내야 어떻든 공생의 관계를 벗어나서는 잠시도 버티어낼 수 없는 것이 삶인 것 같다. 밉든 곱든 맞물려 돌아가는 톱니 사이. 사랑하지 않고는 배기지 못할 사이들이다.

남을 사랑한다는 것은 결국 자신을 사랑하는 것이리라.

어떤 결혼식

친구의 아들 결혼식에 참석했다. 막내의 혼례를 치르는 친구 표정에서 부모로서 할 일을 다 했다는 홀가분함을 읽을 수 있었다. 그날의 결혼식은 특별했다. 결혼식은 주례가 예식을 주관하는 것이 일반적이다. 신랑이나 신부 측에서 사회적 명망이 있는 인사를 주례로 초빙한다. 주례를 맡은 사람이 신랑 신부를 앞에 두고 순서에 따라 의식을 주도하는 것이 일반적인 관례다. 그런데 그날 결혼식에는 주례가 없었다. 그 공백을 재치 있는 사회자의 진행으로 메웠다. 유명 인사를 주례로 모셔 가문의 품위를 과시하던 결혼식과는 사뭇 달랐다. 주례와 주례사 없는 결혼식이 유행이라는 소문을 들었는데, 그 사실을 확인할 수 있었다.

신부가 아버지의 손을 잡고 먼저 입장했다. 단상 앞에서 신랑이 입장하기를 기다렸다. 신랑이 입장하자 신부 아버지가 신랑 신부를 번갈아 포옹해 주고 혼주 자리에 가 앉았다. 잠시 혼란스러웠다. 그러나 곧 의도적인 연출이라는 것을 알았다. 신랑이 신부에게 장가간다던 옛 혼례 풍습이 떠올랐다. 조선 전기까지 남자가 처가에서 혼례를 올리는, 장가가는 것이 우리의 풍습이었다. 그날 결혼식은 여자가 남자에게 시집 간다는 고정관념을 여지없이 뒤흔들어 놓았다.

신랑 신부가 서로에게 반지를 끼워주는 모습이 아름다웠다. 이런 절차는 언제부터인가 사라졌던 풍경이 아닌가. 결혼 반지는 두 사람이 서로 사랑하고 아끼며 행복한 삶을 꾸려가겠다는 약속의 징표다. 사십 년 전 결혼식 날 복된 가정을 꾸려 나가리라는 다짐으로 아내의 손가락에 반지를 끼워주었던 빛바랜 기억이 불현듯 머리를 스치고 지나갔다. 혼인서약도 남달랐다. 신랑 신부가 마주 서서 신랑은 신부에게, 신부는 신랑에게 이러이러한 것을 실천하겠다는 약속을 낭독했다. 진지하고도 엄숙한 혼인서약이었다. 틀에 박힌 문구를 읽는 행위가 아니었다. 마음에서 우러나오는 말에는 약속이 반드시 지켜질 것이라는 믿음이 있었다.

성혼 선언문은 신부 아버지가 주례석으로 가서 진지하게 낭독했다. 신랑 어머니도 주례석에 나와 애정 어린 덕담을 했다. 마지막으로 사회자의 안내에 따라 하객들도 잔을 높이 들고 '신랑 신부의 행복을 위하여'를 다 같이 외쳤다. 축배와 박수 속에 결혼식은 끝났다. 남의 잔치에 가서 밥이나 먹고 돌아오는 구경꾼으로 머물지 않도록 하객을 배려한 것이리라. 그날의 결혼식은 각본대로 움직이는 결혼식과는 다른 점이 많았다. 양가 부모와 신랑 신부는 자연스럽고 화기애애했으며, 수동적으로 따라가지 않고 스스로 예식을 주도해 갔다. 관행적이고 기계적인 의식을 과감히 버린, 신랑 신부와 양가 혼주 및 모든 사람이 하나 되는 자리였다. 마음에서 우러나오는 축복을 보내고 받는 진정한 결혼의 의미를 깊이 새겨보는 혼례식이었다.

어릴 때 자주 본 전통 혼례가 떠올랐다. 그때도 주례는 없었다. 홀기를 부르는 사람과 신부의 의례를 돕는 시자侍者가 고작이었다. 그런데도 혼례식은 흥미롭고 진지했다. 혼인의 의식과 절차를 매우 조심스럽고 경건하게 치렀으며, 인간의 일생에서 가장 중요한 의례라고 하여 대례大禮라고도 했다. 도시 대형 예식장에서 정해진 시간에 형식적으로 이루어지는 현대의 결혼식과는 다른 면이 있었다. 남남이 만나 부부의 연을 맺고 한 가정을 만들어 가는 일은 삶의 가장 중요한 부분이다. 어찌 가볍고 소홀할 수 있겠는가?
결혼식은 사회적 의례 행위다. 지금은 예식장에서 편의성만 따라 하다 보니 진정한 의미는 사라지고 상혼만 판을 치게 된 것이 아닌가 싶다. 형식과 내용은 상호보완적이다. 때로는 형식이 내용을 규정짓기도 한다. 예식장이라는 공간은 같았지만, 식순과 내용만 바꾸어도 결혼식은 남달랐다. 기존의 관습을 깨고 다른 형식을 추구하는 것은 남다른 용기가 필요했으리라. 그날의 결혼식은 기존 형식과 제도에 대한 반란처럼 비치기도 했다. 한편으로는 중요한 뭔가가 빠졌다는 느낌도 감출 수가 없었다. 개성적이고 독창적인 부분은 그대로 가치를 지니나, 사회의 관념화에 이르기까지는 쉬운 일이 아님을 확인할 수 있었다.

결혼식도 하나의 예禮다. 예는 인간이 조화롭게 살기 위해 오랜 역사를 통해 만들어진 형식이라고 할 수 있다. 형식은 현실을 전부 반영하기란 불가능하다. 우리 사회문화의 다양한 형식은 실제를 재현하는 사실주의적 입장과 맞지 않는다. 실제를 반영하지 못하는 가짜의 형식은 사실주의적 처지에서 보면 허례허식에 불과할 것이다. 예는 관습적인 형식일 때가 많다. 그것이 개인의 실제 현실을 벗어난 곳에 있다 할지라도, '예'는 다른 사람과 관계하는 삶에서 비롯된 것이기에 개인의 입장과 욕심을 억제하지 않을 수 없다. 현실적인 실제와 형식적인 관습은 늘 충돌한다. 어느 한쪽의 극단에 쏠리지 않는 것이 무엇보다 중요할 것이다.

이 세상에 변하지 않는 것은 없다. 결혼식 문화와 풍습도 마찬가지다. 시대가 변화하는데 결혼식 문화라고 변하지 않을 수 있겠는가. 사십 년 전에 치렀던 아내와의 결혼식 장면이 아슴푸레하게 겹쳐져 떠올라 엷은 미소를 일게 했다.

사랑이라는 병

'담배만큼 사랑스러운 여자가 있으면 목숨 바쳐 사랑하리라.'

총각 때 쉽게 내뱉던 말이다. '골초'라는 별명을 달고 살았으니 그러고도 남을 일이었다.

열아홉 살 때부터 피운 담배를 쉰이 넘도록, 삼십 여 년간 불타는 사랑을 쏟았다. 하루 세 갑씩 피워댔으니 사랑의 열기 熱氣를 짐작하고도 남는다. 다른 사람들은 반쯤만 피우고 버리는 담배를 필터가 녹아내리도록 피웠으니 열정적인 사랑을 했다. 담배를 잡은 두 손가락의 안쪽은 항상 노랗게 불에 익어 있었다. 내 생활의 가장 가까운 곳을 담뱃갑과 라이터가 차지하고 있어 다른 어떤 것도 근접하지 못했다. 한 생각, 한 행동도 반드시 담배를 피워 물고 나서야 이루어졌으니 담배를 앞세우지 않고는 되는 일이 없었다. 잠에서 깨어 일어날 때도 머리맡에 둔 담배를 한 대 피우고 나서야 일어났다. 밖으로 나갈 때 또 한 대를 피워 물어야 했으니 담배가 내 삶의 더듬이 역할을 했다.

신혼 때의 일이었다. 내 건강을 위한다는 이유를 내세워 담배를 끊으라는 아내의 강력한 권고와 마주치게 되었다. '담배만큼 사랑스러운 여자가 있으면 목숨 바쳐 사랑하리라.'는 말은 담배를 삶의 중심에 두겠다는 선언의 의미이기도 했다. 결혼 또한 사랑하는 사람과 인연을 맺는 일이다. 서로의 부족함을 보완하고 의지하며 삶을 함께 꾸려가는 것이 결혼 생활이리라. 사람과 기호품을 비교하는 것은 있을 수 없는 일이겠지만 기호품이 사람을 대신할 수 없듯이 사람 또한 기호품을 대신할 수 없는 일이 아닌가. 아내의 끊으라는 압박과 못 끊겠다는 내 의지가 충돌했다. 아내보다 담배가 더 중하냐며 서운함을 토로했다. 담배를 떠난 삶이란 생각조차 할 수 없었다. 밀리는 논리를 가부장적 권위와 우격다짐으로 공박했다. 아내가 처음 눈물을 흘리게 된 충돌이었다.

사랑방의 아랫목에 앉아 기다란 담뱃대를 물고 계시던 할아버지의 모습이 떠올랐다. 한쪽 팔 길이나 되는 담뱃대를 옆으로 비스듬히 잡고 긴 수염을 쓰다듬으며 담배를 피우는 모습이 존경스러웠다. 연륜의 길이만큼 길어진 담뱃대가 어쩜 그렇게 멋있어 보일 수가 있을까. 큰기침을 한 번씩 곁들이며 놋제떨이를 쾅쾅 두드리면 그 위엄에 자연히 고개를 조아리게 되었다. 담뱃대는 나이에 따라 길이를 달리하는, 연륜의 한 징표 역할을 했다. 나이 마흔이면 한 뼘 정도이던 것이 쉰살이 되면 반팔 길이로 길어졌다가 예순을 넘으면 한쪽 팔 길이로 길어졌다. 당시에는 평균 수명이 짧아 이순을 넘기면 장수로 간주하던 때였다. 한쪽 팔 길이나 되는 담뱃대를 물고 길거리에 나서면 모두가 부러움의 대상으로 바라보던 때였으니, 담뱃대의 길이가 장수의 자랑으로 여겼기 때문이다.

담배가 그렇게 좋을 수가 없었다. 내가 원할 때면 언제나 순순히 다가와 말없이 안겨든다. 누가 뭐라 해도 얼굴 한번 찌푸릴 줄 모르고 상대의 의중만 헤아릴 뿐이다. 한 모금 연기를 아랫배 깊숙이 들이켰다가 내 뿜으면 찌든 감정의 찌꺼기들까지 연기와 함께 쏟아져 나온다. 피어오르는 연기와 함께 내 낭만도 모락모락 피어올라 허공에 흩날린다. 외로움에 겨워 피우는 한 모금 담배는 사랑하는 사람의 입김보다도 더 녹녹하다. 때 묻지 않은 순수함이 연기에 녹아 흐른다. 사랑하는 사람이 그리워질 때면 담배 연기에 사연을 담아 하늘 높이 흘려보낸다. 닿지 못할 곳이 없는 연기가 마음을 전하고, 전해진 마음이 메아리 되어 허공에 맴돌 때면 나는 한 가닥 연기로 피어올라 하늘에 닿는다. 연기가 연상케 하는 보드라운 감촉과 유연한 맵시는 그 무엇으로도 흉내 낼 수 없는 야릇함이었다.

　동침한 세월의 길이만큼 담배의 폐해를 염려하지 않을 수 없었다. 담배가 폐암의 원인 중 하나라고 밝혀지고 있다. 임산부가 흡연하는 경우 기형아를 낳을 확률이 높다 했다. 아기들의 간접흡연도 흡연과 같은 영향을 받는다고 했다. 담배를 피우지 않는 사람이 몇 안 되던 세월이 바뀌어 흡연자가 몇 안 되는 세태로 변했다. 금연 장소가 하나둘씩 생겨나더니 이제는 흡연 장소가 한두 군데로 제한되는 세월 속에서 살게 되었다. 자랑삼아 피우던 담배가 도리어 미개인 취급을 받게했다. 세월이 갈수록 평균연령이 높아지고, 평균연령이 높아질수록 건강에 관심이 많아지고 있다. 백 세 시대를 맞으며 짐짝 취급을 받지 않으려면 건강해야 한다는 관념이 깊이 뿌리내리고 있으니 건강에 영향을 미치는 담배는 혐오의 대상으로 변했다.

　어느 날 우연히 담배를 왜 못 끊을까 하는 의아심이 일었다. 비행기를 타고 열 시간이 넘도록 여행길에 올랐어도 담배를 피우지 않고 참아왔지 않았던가. 두어 차례 금연을 시도했으나 번번이 실패했다. 순전히 나약한 의지가 성공하지 못한 원인이었다. 자신도 모르게 마음속을 파고들어 똬리를 튼 습관이 이처럼 견고하고 무섭게 뿌리내린 줄은 미처 몰랐다. 담배를 끊으려는 순간부터 머릿속은 온통 담배로 가득 차 있었다. 맥이 쭉 빠지며 실성해지는 느낌을 견뎌내기 어려웠다. 사랑하는 사람과 헤어졌어도 이렇도록 삶이 송두리째 무너져 내리는 것 같지는 않았으리라. 주위의 환경과 의지가 합해지고 인연이 다했을 때라야 금연은 가능한 것이었다.

　세월이 공간만 바꿔놓는 것이 아니라 세태의 형태와 사고까지를 바꿔놓았다. 아파트 앞 공원을 산책하고 있을 때였다. 바람을 타고 담배 냄새가 코를 스쳤다. 이십 미터도 넘는 곳에서 젊은 학생이 담배를 피우고 있었다. 그렇게 사랑했던 담배 향이 역겨워 얼굴을 찌푸렸다. 그 젊은 학생의 모습에 내 얼굴이 겹쳐져 소스라치게 놀랐다. 결혼 후 처음 눈물을 흘린 아내의 모습이 아른거렸다. 천진난만하게 잠들어있는 아이들 모습이 자욱한 연기 속에 흐릿하게 떠올랐다.
　삼십여 년간 오염시켜온 대가의 길이만큼 깊은 흔적이 남아있다. 입속에 숨은 일곱 개의 임플란트가 사랑이라는 이름을 빙자한 잘못을 뉘우치며 속죄하고 있다.

묘한 인연

오늘따라 예식장 분위기가 포근하게 느껴졌다. 모든 것이 신혼부부를 축복하려 존재하는 것 같다. 식장을 가득 메운 따뜻하고 아늑한 기운. 이 한순간을 위하여 처녀 총각이 사십 년이 가깝도록 사랑을 찾아 헤매지 않았던가. 누구보다 잘나고 행복한 것이 신혼부부이리라. 축가가 울려 퍼지고, 신랑 신부가 입장하여 예식이 치러지는 내내 신부의 어머니는 눈물을 감추지 못했다. 지난 세월의 만상이 실타래처럼 풀려나와 감정을 억누를 수 없었으리라. 남편을 잃은, 아버지를 잃은 딸의 애절함을 남김없이 풀어내었으리라.

이십여 년이 지났다. ㅇㅇㅇ 선생님이 돌아가셨다는 전갈을 받았다. 마른하늘에 날벼락이라더니 믿기지 않았다. 혹시 잘못들은 것은 아닐까 하는 의심을 떨칠 수가 없었다. 얼마 전 오토바이를 타다 교통사고를 당해 입원했다는 소식을 듣고 병문안까지 다녀오질 않았던가. 그런 분이 갑자기 운명하셨다니 믿을 수가 없었다. 단순한 다리뼈 골절로 입원했었는데 목숨을 잃다니. 승진하기 위하여 울릉도에 지원해 근무했던 초등학교 교사이다. 막 고향의 교감 선생님으로 승진 발령을 받은 터다. 이삿짐도 옮기지 않고 운명을 했다. 사람의 목숨은 하늘에 달렸다지만 이렇게 꿈결같이 떠나가다니. 너무 어처구니없는 일이었다.

큰 아이가 초등학교 일 학년 때 영덕군에 근무하게 되면서 인연을 맺은 사이였다. 선생님 댁 방 한 칸을 얻어 살림을 옮긴 것이 첫 만남이었다. 공교롭게도 아이가 선생님이 맡은 반에 편성되어 인연이 더욱 두터워지게 되었다. 나보다 서너 살 연배의 건실하고 믿음직스러운 분이었다. 아침마다 건강을 다지는 선생님을 따라 테니스도 배우게 되었다. 학교에서는 붓글씨반을 만들고, 테니스부를 창설하고, 모형 비행기반을 만들어 아이들의 다양한 기량을 쌓으려 남다른 열정을 보였다. 보이스카우트 활동도 포항 해병대의 훈련 광경을 직접 보고 느끼게 하는 등 뚝심과 추진력이 돋보이는 분이었다. 학생에 대한 애정과 열정이 남달라 십 년 가까이 후원을 아끼지 않으며 깊은 정을 다진 사이였다.

그곳을 떠나 온 지도 이십 년이 훌쩍 넘었다. 선생님이 돌아가시고 난 후 그 부인과의 연락은 자연 멀어졌다. 그런 선생님의 딸과 혼담이 오가는 상대가 처형의 외동아들이었다. 둘은 십여 년 전 같은 직장에서 근무했다. 그때도 주위에서 서로 사귀어 보라는 권유가 있었다고 했다. 서로가 자기 자신은 들여다보지 않은 채 상대의 흠만 꼬집으며 탓하는 것이 사람들의 욕심이리라. 더구나 결혼 상대를 고를 때는 자기만큼 잘나고 이상적인 신랑·신부 감은 없다고 착각하기 마련이다. 두 사람도 남과 별반 다르지 않았다. 나이가 많아질수록 이런 경향은 두드러진다. 주위의 권유도 흘려듣고 지나치다 직장을 옮기면서 헤어지게 되었다. 그 후 오 년이 지났을까? 보다 못한 맏 처형이 나섰다.

부부의 인연도 월하노인月下老人이 천생연분의 배필임을 증명해 주어야 맺어진다는 전설이 있다. 옛날 어떤 청년이 서울로 과거를 보러 가다 날이 저물었다. 얼마만큼 갔을까? 마침 불빛이 보이는 집이 있어 찾아갔다. 호호백발 노인이 청실과 홍실을 꺼내놓고 하나씩 꽁꽁 묶고 있었다. 청년이 이상하게 여기며 그 연유를 물었다. 청실 남과 홍실 여를 짝지어주려 묶어주고 있다고 대답했다. 호기심이 발동한 청년은 자기의 배필이 누구인지 알려 달라고 부탁했다. 노인은 십오 년 뒤시장통 해장국 집 코흘리개 딸과 혼인하겠다고 일러주었다. 자기의 배필이 상놈 출신의 딸이라니. 아이를 없애면 다른 배필을 묶어 주리라는 생각으로 그 길로 해장국 집으로 달려가 업고 있는 코흘리개 어린아이를 찌르고 도망쳤다.

청년이 결혼 적령기가 되어 혼인하려고 약혼을 하면 처녀가 죽는 변괴가 일어났다. 약혼하는 처녀마다 요절하자 누구도 그에게 시집오겠다는 처녀가 없었다. 결국, 나이도 들어 노총각이 되고 양반 가문의 딸과는 혼인할 수 없게 되었다. 천민의 딸이라도 좋으니 혼인만 할 수 있기를 원했다. 마침내 약혼하고 혼인날이 되어도 신부가 죽지 않자 혼례식을 치렀다. 첫날밤 떨리는 가슴으로 신부를 보니 이마에 칼자국이 있었다. 사연을 물었다. 십오 년 전 어머니 등에 업혀 있는데 어떤 괴한이 뒤에서 칼로 찌르고 도망갔다고 했다. 청년은 자기가 칼로 찌른 어린아이가 죽지 않고 아내가 되었다는 사실을 알게 되었다. 청실홍실로 묶인 인연의 소중함을 절실히 느끼며 아내를 끔찍이 위하며 살았다는 이야기다.

인연이란 묘한 것이었다. 서로 사랑하면서도 맺지 못하는 사람이 있는가 하면, 사랑하지 않으면서도 맺어지는 것이 인연이기도 하다. 월하노인이 청실과 홍실을 묶어주고 묶어주지 않은 때문일까? 서로가 먼발치에서 바라만 보고 있던 어색한 사이였는데 오늘 결혼식을 올리게 되었으니 믿기지 않았다. 나는 월하노인의 심부름꾼이 되기 위해 영덕에서 근무하게 된 것은 아닐까? 돌아가신 선생님과 십년지기로 같은 집에서 살게 된 것도, 처 이질이란 관계에 덧붙여 대학생활을 우리 집에서 하게 된 것도 우연이 아닌 것 같았다. 오래전부터 미리 뿌려놓은 씨앗이 오늘 결혼식으로 싹을 틔우는 것 같은 착각을 일게 했다.

멀고도 가까운 것이 인연이라더니 바로 옆에 두고도 알아채지 못한 것은 무엇 때문일까. 욕심에 가리어 먼 곳만을 바라보는 것이 사람의 심리이다. 이루어진 인연도 챙기지 못하면서 까마득한 이상향만 좇는 욕심이 소중한 인연을 외면하게 하는 것 같다. 쉽게 이루어지는 것 같으면서도 아무렇게나 허투루 맺어지지 않는 인연. 무엇 하나 소홀히 대할 수 없는 것이 인연이리라. 혼자가 아닌, 떨어져 나간 분신을 그리워하며 찾아 헤매는 것이 사랑이리라. 그 분신을 찾아 뜨거운 사랑을 나누고 서로 공경하는 것이 행복이리라.

월하노인이 청실홍실로 꽁꽁 묶어준 소중한 인연, 서로가 가장 아끼고 사랑하며 아름답게 꽃피워가기를.

한순간의 자각

정사님의 설법이 마음을 끌어당겼다. 귀에 담기지 않을, 평범하지도 않은 이야기처럼 들렸는데 스쳐버리기에는 아쉬운 여운이 맴돌았다. 무엇일까. 의외의 야릇한 파문을 일어나게 하는 것이.

한 마을에 수염을 길게 기른 할아버지가 한 분 살고 있었다. 길을 가는데 같은 마을에 사는 한 아이가 공손하게 인사를 했다. 반갑게 답하고 지나가려는데 의아한 눈으로 쳐다보며 물었다. "할아버지! 할아버지는 주무실 때 수염을 이불로 덮고 주무십니까? 이불 밖에 내놓고 주무십니까?" 갑작스러운 질문을 받고 당황했다. 과연 수염을 이불 밖에 내놓고 잤는지 덮고 잤는지를 분간할 수 없었다. 하는 수없이 "오늘 밤 잠을 자보고 나서 내일 알려주마." 하고 집에 왔다. 밤이 되어

잠자리에 들게 되었다. 수염을 이불로 덮고 잠을 청했다. 이상하게 잠이 오질 않았다. 수염을 다시 이불 밖으로 내놓고 잠을 청했으나 도무지 잠이 오질 않았다. 밤새도록 뒤척이다 답도 얻지 못하고 잠만 설쳤다는 이야기였다.

십 년 전의 일이었다. 프랑스의 보르도 지방에서 명상수련 센터인 '플럼빌리지'를 운영하는 틱낫한 스님이 우리나라에 오셨다. 1926년 베트남에서 출생한 승려이자 시인이며 평화운동가이다. 베트남 전쟁으로 죽어가는 동포를 구원하려 온 갖 노력을 기울인 스님이었다. 전 세계를 순회하며 전쟁반대 법회를 열고 파리 평화회의를 이끌어내기도 했다. 스님의 좌우명이 '자유와 평화' 이듯 그 공적을 높이 여겨 1967년 마틴 킹 목사의 추천으로 노벨평화상 후보에 오르기도 했다. '티베트의 달라이라마 스님과, 한국의 숭산崇山 스님, 캄보디아의 마하거사난다 스님'과 더불어 세계 4대 생불로 통하는 정신적 지도자로 일컫는 스님이다. 그런 스님의 '고통을 건너 희망 만들기' 란 설법을 들을 수 있다는 건 크나큰 행운이었다.

스님의 수행법은 모든 행위를 자각하라는 것이다. 걸을 때나 밥을 먹을 때, 책을 읽을 때나 차를 마실 때 마음을 다하여 자신이 하는 일이 무엇인지 깨닫는 것이라 했다. 왼발을 내딛으며 숨을 들이쉬고 오른발을 옮기면서 숨을 내쉬면서 자신의 호흡을 느끼는 것이 스님의 수행법이다. 과거와 미래가 하나임을 깨닫고 이 깨달음으로 마음의 평화를 찾을 수 있다는 것을 자각하라는 것이다. 여러 수련법 중에서도 멈춤 수행법은 특이하다. 종이 울리거나 전화벨이 울리면 누구나 동작을 멈추고 자신의 호흡으로 돌아가는 것이다. 종소리는 깨어있음을 깨닫게 하는 각인의 소리인 동시에 그때그때의 행위와 생각을 자각하게 하는 수단이기도 하다.

마음 수련은 화가 난다거나 불안할 때 안정시키고 잠재우는 방법이다. 화가 나면 숨을 크게 들이쉬면서 "기분을 다스려야지, 감정을 다스려야지." 하며 되뇌고 숨을 내쉬면서 "이제 가라앉았어."라고 혼자 말해보라고 했다. 그러면서 내면의 감정이 가라앉을 때까지 반복하라고 일러준다. 감정을 폭풍우로 비유하여 폭풍우 속에 서 있는 나무를 상상하라고 한다. 생각의 초점을 나무의 꼭대기에 맞추면 불안한 감정을 느끼며 견디기 힘들지만 줄기에 맞추면 뿌리를 튼튼하게 박고 있어 거뜬히 견디어낼 거라는 판이한 느낌을 받게 된다는 것이다. 생각의 초점을 어디에 맞추느냐에 따라 안정된 느낌과 불안한 느낌의 서로 다른 현상들을 만들어 낼 수 있다는 것이다.

이태 전쯤이었다. 고속도로에서 휴대폰을 만지작거리다 핸들을 놓칠 번했다. 아차 하는 순간 옆으로 살짝 미끄러지자 뒤에서 달려오던 차가 클랙슨을 황급히 울리며 스치듯 지나 갔다. 아찔한 순간이었다. 강의 시간이었다. 교수님이 한 수 강생에게 수필 한 편을 읽게 했다. 반쯤 읽었을까. 다음 내용 을 읽으라는 지적을 받았다. 다른 생각을 하느라 어디서부터 읽어야 할지 몰라 머뭇거리자 강의실은 온통 폭탄을 터뜨린 듯 웃음이 터져 나왔다. TV를 보면서 아침을 먹었다. 드라마 의 긴장감에 푹 빠져 식사를 어떻게 했는지 알 수 없었다. 밥 맛이 어떠했는지, 무슨 반찬을 어떻게 먹었는지, 그 맛은 어 땠는지 분간하지 못했다. 자기가 하고 있는 일을 자각하지 못 한다는 것은 하지 않음만 못한 것이었다.

인간의 삶은 행복을 추구하는 데 있다. 누구나 행복해 지기 를 바라며 노력하고 있다. 각자가 이루기 어려운 꿈을 좇다가 지치기보다 자기가 할 수 있는 일을 하며 행동하고 느끼는 하 나하나를 자각하는 길이 최고의 행복을 지향하는 일이리라.

스님의 말씀처럼 "고요한 마음으로 부모와 자식, 가족들을 껴안고 사랑하는 마음을 전하고 함께 있음에 감사를 전하는 것이 행복이다."는 것을 자각하는 것이 내가 할 일이리라. 들숨에 사랑하는 사람을 생각하고 날숨에 사랑하는 사람의 따뜻한 사랑을 떠올리며 미소 짓는다.

김상규 수필집

도깨비의 역설

3부
얼굴

・
・
・

참살이를 꿈꾸며

내일까지 제출해야 할 숙제는 오리무중이다. 시간은 이슥한 밤을 지나 새벽으로 내닫고 있다. 솜뭉치가 머릿속의 영역을 야금야금 파먹어 들어가고 있다. 조급할수록 생각은 점점 굳어져 간다. 한 줄도 쓰지 못하는 글재주로 책 한 권을 내겠다니. '누울 자리를 봐 가며 발을 뻗어라'는 말이 떠오른다. 주제를 파악하지 못하고 뛰어든 무모함이 이렇게 힘들 것이라고는 상상하지 못했다. 쉽게 이루어지는 것이 무엇이 있으랴. 힘겨울수록 그 열매는 더 다리라. 스트레스가 쌓이는 한편으론 억지로나마 발을 뻗기를 잘했구나 하는 회심의 미소가 피어났다. 어렵게 내디딘 발이 아름다운 발자국을 남기게 되었으니, 이보다 더 큰 영광이 어디 있으랴. 간 큰 놈이 큰일을 해낸다고 했지 않은가. 덤의 삶을 꽃으로 승화시킨다는 것은 아무에게나 주어지는 행운이 아니리라.

글쓰기 공부를 처음 시작하면서 '글쓰기를 왜 하는 걸까?' 회의를 느꼈다. 생각만큼 쉽게 쓰인다면 모르거니와 머리를 아무리 짜내도 거기서 거기인 글을 왜 써야 하는 걸까. 특히 수필 쓰기란 내면에 숨어있는 속내를 끄집어내는 일이기에 손이 오그라들 수밖에 없었다. 내 치부를 만천하에 들어낸다는 것은 웬만한 용기로는 어림없는 일이었다. 더구나 가족이나 주변 사람의 프라이버시와 관련되는 이야기는 더욱 그렇다. 주위 사람들의 말처럼 돈이 생기는 것도 아니고 밥이 생기는 것도 아니지 않은가. 골머리 앓고 애를 태우면서도 글쓰기에 매달리는 데는 분명 다른 무엇인가가 도사리고 있는 것 같은데. 그것이 도대체 무엇일까?

초등학교 시절이었다. 작문 시간이 되면 걱정부터 앞섰다. 한 줄만 쓰고 나면 생각이 얼어붙고 말았다. 한 시간 내내 끙끙거리며 시간만 삼키다가 결국은 하얀 종이 위에 자괴감만 어지럽게 가득 채웠다. 창피를 당하느니 차라리 매 맞는 게 낫겠다며 원고지를 찢어버리기가 일쑤였다. 글쓰기가 그렇게 어려운 걸까? 슬며시 오기가 일었으나 얼마 지나지 않아 물거품이 되어 사라졌다. 고등학교에 진학하게 되자 문학 서적을 읽었다. 책을 살 형편이 못되어 십여 킬로 떨어진 선배

집에 찾아가 문학 전집을 한 짐 빌려 와 읽으며 방학을 보냈다. 일 학년 때부터 시작한 생활 기록을 십 년 넘도록 썼다. 이것이 내 글쓰기 기초의 전부다. 그러나 그것마저 일상적인 삶의 두께 밑으로 깊숙이 잠복하고 말았다.

깊이 묻힌 씨앗은 묻혀있던 깊이만큼 발아 기간도 오랜 세월을 거쳐야 하는 것 같았다. 긴 세월 동안 묻혀있었는데도 끝내 썩지 않고 발아 조건들과 인연을 맺을 수 있게 된 것만도 큰 행운이었다. 오십 년이 넘도록 잊혀있던 오기가 긴 세월을 헤집고 비옥한 토양과 햇빛과 수분을 끌어들이게 되었으니 말이다. 사람의 욕심은 한이 없다더니 좋은 인연을 맺고 나니 십 년쯤 먼저 싹 틔웠으면 얼마나 좋았을까 하는 아쉬움이 일었다. 퇴직하고 나서야 만나게 된 글쓰기가 너무 어려웠기 때문이리라. 굳어버린 머리가 안타까워하는 넋두리이리라. 한 치 앞도 내다보지 못하고 살아온 삶의 우둔함과 대책 없이 내달은 세월이 후회스러웠다.

한 달쯤 전이었다. "쉰 문턱에서 찍은 쉼표, 인문학이 나를 껴안았다."라는 기사가 떠올랐다. 중년의 판사와 CEO 및 대기업 임원이 오 개월간의 인문학 강의를 받고 제출한 리포트 내용이 소개되었다. 이들은 생소한 역사적 인물의 삶과 사상을 접하면서 '나는 누구인가, 나는 어떻게 살아왔는가.' 라는 자아와 재회하는, 솔직한 자기 성찰의 기회였다고 했다. 판사가 재판하면서 '인간이 아닌 사안에만 집중했다.'며 인간에 대한 배려를 소홀했던 것을 술회했다. 대기업 중견간부는 의리와 명분보다는 권력과 자본만이 출세의 상징이라 여기며 수단과 방법을 가리지 않고 스펙 쌓기로 서열화하는 세태를 부끄러워했다. 벤처기업 경영자는 '세상을 움직이는 것은 사람이다. 사람을 모르고 어떻게 세상의 변화를 알 수 있을까' 하는 진리를 인문학 덕분에 깨닫게 되었다고 했다.

글쓰기란 단순한 글쓰기만으로 그치는 것이 아니었다. 생존을 위한 일상의 삶에서는 전문지식이 최고이자 전부였다면, 글쓰기와 인연을 맺는다는 것은 삶의 행태와 사고를 새롭게 리모델링하는 기회와의 만남이리라. 돋보기를 끼고 보기 어렵다며 멀리 밀쳐낸 책을 끌어당기며 지식을 충전하게 되었다. 예사로 지나치고 말았던 사물을 깊은 관심과 세심한 관찰력으로 바라보게 되었다. 아름다운 문체만큼이나 감정이 풍부하고 사유가 깊은 분들과의 만남이 또 하나의 소중한 인연을 만들었다. 생각으로 그치던 마음을 글로 표현한다는 것은 생각을 형상화하고 구체화하는 것이었다. 그 때문에 생각과 행동이 올곧게 제어되어 새로운 삶의 가치를 한 단계 숙성시키는 계기를 만들었다.

수필은 '뉘우침의 문학이다. 그릇된 생각을 발견하고 바르게 고쳐나가는 실천문학이다'는 말이 있다. 수필이란, 글쓰기도 중요하지만, 그보다 더 중요한 것은 글쓰기를 통해 자기 자신의 내면을 들여다보는 것이다. 팽개쳐두었던 마음의 흐름을 읽는 것이다. 그릇된 생각과 행동을 발견하고 잘못을 참회하는 것이다. 참회는 생각과 말과 행동을 바르게 고쳐나가는 실천이 뒤따를 때 그 의미가 살아나는 것이리라. 퇴직 후 참된 자아를 발견할 수 있는 시간을 갖는다는 것은 큰 축복이지 않은가. 그 축복 위에 삶을 바르게 이끌어가는 행동이 곁들여질 때 행복은 자연 뒤따르게 되는 것이리라.

이제 반환점을 돌아서며 다듬어지고 있는 책이란 그릇에 인간의 존귀함과 사랑, 행복한 삶의 씨앗을 가득 담고 싶다. 하지만 아직 미치지 못하는 역량이 구름에 가린 초승달 아래서 허덕이고 있다. 참살이를 꿈꾸며.

도 道

"도道"가 뭘까? 어떻게 하면 도를 통할 수 있을까? 도를 통하면 어떨까? 나이 들수록 강한 호기심을 불러일으킨다. 꼭 이루고 싶은 것이 도다. 앞 닦음도 못하면서 가당찮은 일인 줄 알면서도 무엇인지 모를 유혹이 마음을 끌어당긴다.

누구나 도를 통하고 싶어 하지 않은 사람이 어디 있겠는가. 국어사전에는 도를 세 종류로 구분하여 풀이했다. 첫 번째는 마땅히 지켜야 할 도리를 지키는 것이고, 두 번째는 종교상으로 근본이 되는 뜻, 또는 깊이 깨달은 경지라 했다. 세 번째는 기예·무술·방술이라 풀이했다. 어떤 한 분야의 최고 수준에 다다른 사람을 두고 도통했다는 표현을 흔히 쓴다. 그러나 내가 알고 있는 통속적인 뜻은 깊이 깨달은 경지를 도道라 하지 않을까 생각된다. 깨달은 경지란 모든 것을 통달한 경지, 즉

우주의 섭리를 꿰뚫어보는 혜안과 예지력을 말하는 것이 아닐까.

　젊은 시절에는 내면을 가꾼다는 것은 팔자 좋은 사람들의 호사스런 이야기로만 여겼다. 먹고 살기도 급급한데 내면은 무슨 내면인가. 직장생활에 쫓기느라 옆도 돌아볼 겨를이 없는데 거기까지 생각하기란 꿈같은 이야기였다. 내면이란 범인은 근접할 수 없는, 스님이나 성직자, 성인과 도인만이 가꾸어 가는 일이고 또 가꿀 수 있는 영역으로 알았다. 근래에 와서 각박한 세상을 살아가며 쌓이는 스트레스를 풀어내고 건강한 삶을 영위하느라 온갖 방법을 다 동원하고 있다. 생각지도 못했던 전문분야까지 기웃거리는 것이 현대의 삶이지 않은가. 명상과 요가를 비롯한 별난 프로그램이 그것이다. 일반인들의 삶의 질을 향상하기 위한 선택의 범위가 넓고 다양해진 것이다.

　삶이란 행복을 얻기 위한 노력을 멈추지 않는 일이다. 사람에 따라 삶의 가치관이 다르듯이 행복의 기준도 다를 것이다. 누구는 건강과 경제력이 있으면 가장 행복하다고 생각할 것이고 어떤 이는 권력과 사회적 지위를 위해 평생을 바치는 사람도 있다. 또 다른 사람은 지식과 명예를 최고로 여길 것이다. 대다수 사람은 물질적이고 외형적인 면을 추구하기를 좋아한다. 내면을 소중히 여기는 사람은 소수에 지나지 않는다.

우리가 희구하는 행복은 어디에서 찾아야 할까? 건강하게 부를 누리며 명예와 권력이 있다고 행복할까? 권력과 부와 명예가 욕심을 따라잡을 수 있을까. 욕심이란 그릇은 채우면 채울수록 허기가 심해지는 특성이 있지 않은가.

한평생 일상적인 삶을 위해 노력해왔다. 이상향을 찾아 헤맸지만, 아직 그 행방이 묘연했다. 이루어 놓은 것은 아무것도 없다. 패기 넘치는 몸뚱어리를 밑천 삼아 많은 재산은 아니더라도 먹고 살 만큼의 재력과 내게 알맞은 지위를 얻으려 열심히 뛰었다. 그러나 현실은 생각대로 따라주지 않았다. 결과는 텅 빈 껍데기로 서 있다. 나 자신을 발견하는 순간 세월은 이미 떠나고 없었다. 욕심을 좇다 욕심의 노예가 되었다. 평생을 좇아다녀도 끝이 보이지 않는 삶이다. 잡힐 듯 따라가면 꼬리를 감추는 이상향. 이제 예순의 후반에서 내가 찾아야 할 길은 어떤 길일까?

"朝聞道면, 夕死라도, 可矣니라" 는 말이 떠올랐다. "아침에 도를 들어 깨달으면, 저녁에 죽어도 좋다." 논어 제사편 이인里仁 팔 장에 나오는 공자의 위대한 격언이다. 공자가 이토록 간절하게 표현한 것을 보면 도가 얼마나 소중하고 어려운 일인가를 짐작할 것 같다. 인간이 가장 무의미하게 사는 것은 도리를 모르고 산다는 것이라 한다. 참된 인간의 도와 진리, 절대 선의 인도仁道를 깨닫고 그 길을 밟고 사는 것이 단 하루라도 유감되지 않게 사는 길이 도라 했다.

　꼭 나를 꼬집어 한 말같이 들린다. 한평생을 쏟아 부었는데도 빈껍데기뿐이다. 무엇이 잘못된 것일까? 끼니를 잇지 못해 고민하는 사람이 있는가 하면 돈이 너무 많아 고민하는 사람도 있다. 고민은 어떤 물질적인 양과 비교되는 것은 아닌 것 같다. 육체적인 욕구를 위해 모든 세월을 바쳐왔지만, 행복과의 거리는 조금도 좁힐 수 없었다. 채워지지 않는 물질적 욕구보다 정신을 맑게 가꾸는 것이 행복의 지름길임을 어렴풋이 짐작하게 되었다. 연륜이 쌓여 철이 드는 것일까. 마음 한번 고쳐먹으면 세상이 전부 내 것이라 하지 않은가. 다 가져 행복해지기보다 흡족한 마음을 가지는 게 행복인 것을.
　퇴직하기 이년 전이었다. 경북도청 동아리 클럽에 가입하여 석문 호흡 수련과 인연을 맺게 되었다. 퇴직을 얼마 남겨 두지 않아 마음이 불안할 때였다. 퇴직 후 생활에 대한 구상도 전혀 없었던 터였다. 구상보다 그럴 여유가 없었다. 주위에서는 퇴직하면 재산이 어느 만큼은 있어야 노후 생활을 편하게 할 수 있다며 겁을 주지만 별다른 대책이 없었다. 경제력만 있으면 무슨 걱정이겠는가. 행운이란 아무에게나 쉽게 주어지는 것이 아닌가 싶었다. 노후 생활을 생각하면 가슴이 먹먹했다. 복식호흡을 통한 기氣 수련을 하고 나니 불안하던 마음이 차츰 가라앉았다. 채워지지 않는 욕심에 매달리기보다 수련을 통한 마음을 안정시키는 것이 더 소중하다는 사실을 알게 해준 인연이다.

삼십 년 전쯤 이스라엘 출신 유리겔라의 초능력이 나라를 떠들썩하게 했다. 고장 나 멈춰선 시계를 가게하고, 숟가락을 구부리고, 무 씨앗을 손에 쥐고 싹 틔우기를 하는 등 상상을 뛰어넘는 실력이 경이롭기까지 했다. 머리맡에 종이와 연필을 두고 어떤 그림을 그려야 하겠다는 생각을 하며 자고 일어나면 생각한 그림이 그려진다고 했다. 꿈같은 일들이 눈앞에 펼쳐졌다. 텔레파시를 이용한 초능력의 실현이었다. 선천적이거나 훈련을 통해 터득한 일이거나를 떠나서 실제를 보여준 사실에 감탄할 뿐이었다. 한계가 있다고 생각했던 인간의 능력이 무한한 것 같았다. 무엇인가 꼭 이뤄야 하겠다는 의지의 크기 만큼 끈기와 노력이 한계와의 싸움이리라.

도道란 마음속의 욕심과 편견을 없애는 수련일 것이다. 사물의 모습과 내면을 있는 그대로 받아들이고 그 속에 젖어들어 하나 되는 것일 게다. 유리 항아리에 가득 담긴 흙탕물이 가라앉아 맑아지듯 마음의 찌꺼기를 가라앉히는 것이 도를 닦는 방법일 것이다. 어떤 풍파가 몰아쳐도 마음의 흔들림이 없을 때 도와 통하는 것이리라.

실버카드

동사무소에서 실버카드를 발급받으라는 연락이 왔다. 그렇지 않아도 퇴직 후 나이에 민감한 반응을 보이던 신경이 곤두섰다. 직장에서 물러날 때는 그래도 구속에서 벗어난다는 해방감과 하고 싶은 일을 마음껏 할 수 있다는 기대가 나이를 잊게 했는데 이번은 달랐다. 실버라면 늙었다는 인증서가 아닌가.

매일 아침 거울에 비친 모습을 건성건성 보고 지나쳤다. 퇴직 후 이태쯤 지나서일까. 웬 늙은이가 거울 앞에 버티고 앉아 나를 주시하고 있는 것이 아닌가. 깜짝 놀랐다. 예나 다름없게 여겨졌던 모습이 갑자기 낯설었다. 퇴직하기 전과 비교되는 모습이다. 직장이라는 조직과 긴장감에서 벗어나 생활방식과 리듬이 판이해진 탓일까? 겨울철이 되면 낙엽을 떨구

듯 삶의 어느 분기점마다 생기를 떨어트리고 있었다. 늙음은 완만한 곡선을 그리며 늙어가는 것이 아니라 낭떠러지에 추락하듯 급격히 떨어지는 젊음을 말하는 것이었다. 나이란 한 살씩 더해지는 것이 아니라 먹지 않으려 밀쳐내다가 대여섯 살이 한꺼번에 쌓이는 것이었다.

'젊은 시절에는 하루가 짧고 일 년이 길다. 나이를 먹으면 일 년은 짧고 하루는 길다.' 는 베이컨의 말이 새삼스럽게 가슴에 파고들었다. 어른이 되어 공부하라는 잔소리도 듣지 않고, 하고 싶은 일도 마음대로 할 수 있는 그런 날이 빨리 왔으면 하고 고대하지 않았던가. 일 년이 그렇게 길어 보일 수가 없다. 어렸을 때 누구나 한 번쯤은 가져 봄 직한 생각이리라. 그랬던 세월이 눈 깜짝할 사이에 기대했던 나이를 훌쩍 뛰어넘어 정 반대편에 서서 어린 시절을 그리며 되돌아가고 싶어 하고 있다. 무엇이 세월을 이리도 빠르게 끌고 왔을까. 묶을 수만 있다면 꽁꽁 동여 매어두고 싶은 세월이다. 퇴직도 부인하고 싶었는데 늙은이 인증서까지 발급받고 나니 묻어두었던 많은 의욕이 빠른 세월의 흐름에 실려 떠내려가고 있어 안타까웠다.

전설로만 들리던 지공노 이름표를 선물 받았다. 이름표만 아니라 실질적인 혜택까지 받았다. 사지가 멀쩡한데 지하철을 공짜로 태워준다니 고맙기 그지없었다. 한편으로 미안함을 떨쳐버리기 어려웠다. 어려운 시 재정을 도와주지는 못하면서 도리어 축내게 되었으니 말이다. 적자운영이라며 울상인데 노인 승객이 이십 프로를 차지한다는 적자를 부채질하는 형편이 되었다. 내가 할 수 있는 일이 무엇일까? 아무렇게나 먹어서는 안 될 나이였다. 연륜의 훈장처럼 쌓인 나이. 나잇값을 하라는 것일 게다. 먹은 나이 높이로 사회의 밑거름이 되라는 것일 게다. 마음이 조금이라도 편해지려면 무엇으로든 공짜의 대가를 치러야 할 것 같다.

어린 시절 도토리 키 재기 하듯 나이를 자랑하며 군림 하려던 기억이 빙긋이 웃음을 일게 했다. 힘이 부대끼면 나이로 상대를 제압하려 들지 않았던가. 이중 잣대를 가지고 편의에 따라 나이를 높였다 낮췄다 하는 것이 인간의 심리인 것 같다. 빨리 늙기를 싫어하면서도 상대보다 우월해지기를 바라며 맨 앞에 내세우는 것이 나이다. 어느새 꽁무니를 빼고 쌓인 나이를 무너트리고 싶어짐은 늙지 않으려는 몸부림일까.

'나이를 더해 가는 것만으로 사람은 늙지 않는다. 이상을 잃어버릴 때 비로소 늙는 것이다.' '청춘' 이란 사무엘 울만의 시가 내 어깨를 토닥인다. '희망의 물결을 붙잡는 한 팔십 세라도 인간은 청춘으로 남는다.' 고 했던가.

얼굴

신언서판이란 말이 생각난다. 중국의 당나라 시절 관리를 뽑을 때 인물 평가의 기준으로 삼았던 항목이다. 몸맵시와 말솜씨, 필적과 사물을 깨달아 아는 힘을 뜻하는 말이다. 처음 사람을 대할 때 상대의 첫인상을 중요시한다. 상대로부터 풍기는 향과 이미지로 그 사람의 성격과 인품을 짐작할 수 있는 기준으로 삼기 때문이리라. 그 사람을 대변하는 것이 표정이니 말하지 않아도 중요성을 짐작할 수 있으리라.

나는 어릴 때부터 법 없이도 살 수 있다는 말을 많이 듣고 자랐다. 어떻게 생각하면 좋은 성격이라 평가받을 수 있으나 한편으로는 우유부단한 사람이라는 소리를 듣기 일쑤다. 과장된 표현을 빌리면 바보스럽다고 해야 옳을 것이다. 좋은 것도 없고 싫은 것도 없다. 옳은 것도 없고 나쁜 것도 없다. 다른 사람이 이렇게 하자면 이렇게, 저렇게 하자면 저렇게 했다. 아는 것이 없어도, 판단력이 모자라기 때문이기도 하다. 그보다 남에게 싫은 소리를 하지 못하는 성격 탓이 크다. 오달지지 못하고 답답하다며 부모님께서 '그렇게 어리석어 가파른 세상을 어떻게 살아 나가려나.'는 걱정을 놓지 못하셨다. 평소 남에게 칭찬은 받지 못할망정 욕은 먹지 않는 삶을 살아야겠다는 것이 내 신조였다. 거기에 한 점 더 보태어 열 사람과 친하게 살기보다 한 사람의 원수를 만들지 않겠다는 것을 내 삶의 철학으로 삼았다. 그래서인지는 모르나 죽기 살기로 좋아하는 사람도, 죽기 살기로 미워하는 사람도 없다.

내 속내와는 달리 겉보기에는 아주 차갑고 날카롭게 보인다는 주위 사람들의 평이었다. 형님 결혼식 때였다. 멀리 계시는 친인척들이 오셨다. 당시에는 나이 많으신 가까운 친인척은 일주일 가량을 머물면서 큰일을 주선해 주셨다. 허드렛일을 도울 수 있는 젊은 사람은 이삼 일씩 머물며 일을 도왔다. 큰일이 아니면 멀리 계시는 친인척을 만날 기회가 없는 것은 예나 지금이나 별다르지 않았다. 혼례를 치르고 나서 잔치 뒤풀이로 피로연을 했다. "도련님은 첫인상이 너무 날카롭게 보여 말 붙이기가 겁났는데 대해 보니 영 딴판이에요." 처음 뵙는 형수께서 마음을 털어놓았다. 바보스럽다는 평가를 받을 줄 알았는데 뜻밖이었다. 더구나 말붙이기가 무서웠다는 의외의 반응에 당황스러웠다.

칠십 년대 후반의 일이었다. 부산에 사는 사촌 여동생이 교통사고를 당했다는 연락이 왔다. 병원에 입원해 치료를 받고 있으나 가해자가 얼굴조차 내밀지 않고 있다며 불만을 토로했다. 숙모님께서 "네가 가서 사건을 협의하여 매듭짓고 오라."고 하셨다. 처음 겪는 일이라 무엇을 어떻게 해야 할지 모르겠지만 무턱대고 부딪쳐 보기로 했다. 변호사로부터 기초적인 상식을 조언받아 익혀 갔다. 가해 운전기사를 만나 어떻게 해결할 것인지에 대한 의견을 물었다. 생각과는 달리 순순히 잘못을 인정하고 구체적인 조치 사항에 대한 답변을 받았다. 걱정했던 것과는 달리 쉽게 마무리 지을 수 있어 다행이었다. 가해자가 '혹시 검찰청에 근무하십니까?' 하고 물었다. 시치미를 뚝 떼고 우회적인 답변으로 신분을 밝히지 않았다. 일을 원만히 처리하기 위해서는 상대를 심리적으로 제압해야 한다는 선입견이 자신을 교만스럽게 했다. 그렇다고 결과가 달라질 이유가 없지 않은가. 사람의 심리가 이처럼 어리석고 미묘했다. 날카롭게 생겼다고 호락호락 넘어갈 상대가 어디 있으랴.

직장 생활을 하는 동안 흐리멍덩한 성격을 버릴 수는 없었지만, 때에 따라서는 까다로운 성격이 나타나기도 했다. 어리석어 보인다는 것은 속내를 숨기고 살았음일까? 천성은 까다로운데 많은 사람과 부대끼며 사회생활을 하게 되자 힘이 버거워 어리석은 체했을까? 직장 생활을 한 지 이태가 조금 지나서였다. 상사가 법규에 어긋나는 업무 수행을 강요했다. 어리둥절하여 머뭇거리자 화를 내며 호되게 꾸짖었다. 순간 북받쳐오는 감정을 주체할 수 없었다. 얼굴이 빨갛게 달아오르며 금방 폭발할 것 같은 감정을 억지로 참았다. 얼마간의 시간이 흐른 후 상사를 모시고 나가 화풀이를 했다. 당돌하기 그지없는, 하룻강아지 범 무서운 줄 모르는 행동이었다. 그런 일이 있었던 후 며칠 동안 곰곰이 자신을 되돌아보는 시간을 가지게 되었다. 까다롭게 보인다는 말이 건성이 아니라는 것을 깨달았다. 그리고 순간적인 폭발을 참을 수 있었다는 것만도 장하게 여겨졌다. 직장생활을 해야 하는 한 급하고 까칠한 성격을 고쳐야 한다는 절실한 생각이 마음을 짓눌렀다. 사회는 나 혼자가 아닌, 여러 사람이 모여 더불어 살아가는 삶의 터전인 것을.

90년대 중반 경이었다. 황수관 박사의 웃음 치료가 몇 차례 매스컴에 소개되었다. 불현듯 내 표정을 고쳐야 할 방법이 이것이구나 하는 생각을 하게 되었다. 온화하고 부드러운 이미지를 만들려면 미소뿐이었다. 얼굴에 늘 웃음을 띠고 있으면 날카롭다는 인상은 받지 않겠지. 너무 크게 웃어도 쓸개 빠진 사람처럼 경망스럽게 보일 테고, 빙긋이 웃는 듯 온화한 얼굴 만들기를 습관화해야겠다는 다짐을 했다. 일만 번을 연습하면 습관화가 된다니 해볼 만했다. 적어도 십 년간만 하면 되겠지 하는 각오를 다졌다. 낮에는 물론 밤잠을 자다가도 일어나 입꼬리가 위로 올라가 있는가를 확인했다. 조용하면 잘 되다가도 급하면 제자리로 돌아가고 만다. 기분 좋을 때는 잘하다가도 화나면 얼굴을 찡그리고 만다. 생각과 행동을 바꾸고, 습관을 바꾸면 운명이 달라진다지 않는가. 팔자를 고치려면 이 정도의 어려움이야 감수해야 할 일이다. 때를 맞춘 듯 인터넷을 검색하다 웃음 요가와 마주치게 되었다. 행운을 잡은 기분이었다. 2003년, 대전까지 팔 주간을 다니며 자격증을 취득했다. 뜻이 있으면 길이 있다는 말과 같이 미소의 습관화에 탄력이 붙게 되었다.

나이 사십이 넘으면 자기 표정을 책임져야 한다는 말이 있다. 자기 얼굴에 나타난 표정은 자기가 그린 그림이니 잘살고 못사는 것도, 행복하고 불행한 것도 자기 책임이라는 뜻일 게다. 황수관 박사의 '행복해서 웃는 것이 아니라 웃어서 행복하다.'는 말이 새삼스럽게 다가왔다. 웃음은 단순히 표정만 바꾸는 것이 아니었다. 웃음은 닫친 마음의 문을 열게 했다. 속내를 드러내면 다른 사람이 흉볼까 봐 모든 것을 감추기만

하며 살아왔다. 웃음을 습관화하고부터는 웬만한 것은 밖으로 내놓을 수 있는 용기를 얻었다. 마음의 벽을 허물고 상대를 받아들이며, 소통의 길을 열게 되었다. 상대가 내게로 다가오기를 기다렸던 과거와는 달리 내가 먼저 다가가 소통의 길을 틔웠다. 상대를 받아들이고 소통한다는 것은 상대를 믿고 존중한다는 뜻이기도 하다. 웃음은 마음을 여유롭게 한다. 매 순간 미소가 가득하다는 것은 늘 행복한 향기를 뿜어낸다는 것이다. 그것은 주위를 웃음의 에너지로 채워가고 있다는 사실과 같다. 부드럽다는 말은 듣지 못해도 까다롭다는 평은 조금은 밀려 나가고 있는 것 같다.

"얼굴은 인생의 성적표다." 는 글귀가 살아온 삶을 되돌아보게 한다. 인생을 어떻게 살았느냐 하는 기록이 얼굴에 낱낱이 나타난다고 하지 않은가. 내 삶의 자국은 어떤 문양으로 새겨져 있을까? 이제까지의 내 성적은 몇 점이나 될까? 살아온 세월만큼 넓고 따뜻하게 마음이 데워져야 하는데 욕심만 앞선다. 맑고 인자한 모습을 그려 넣으려니 얼룩을 지우기가 여간 어렵지 않다. 어쩌면 영영 지워지지 않을지도 모를 얼룩과 싸움질 하고 있다. 오늘따라 티 없이 맑은 아기 모습이 너무 탐스럽다.

글은 어떻게 써야 할까?

좋은 글을 쓰려면 어떻게 써야 할까? 글쓰기를 전혀 모르던 사람이 글쓰기를 접하면서 느낀 소감을 털어놓고 싶었다. 수필이 문학에 속하느니, 속하지 않느냐는 중요하지 않다. 문학 장르면 품격이 높아지고, 그렇지 않으면 품격이 낮아지는 것도 아니다. 더구나 수필의 종류며 형식 등은 아직 와 닿지 않는 먼 거리에 있다. 있는 그대로의 이야기를 재미나게 글로 표현해 보고 싶을 뿐이다. 마음속 깊이 묻혀있던, 무엇인지 모를 응어리를 토해내고 나면 속이 후련해지는 그런 쾌감, 그런 글이 수필이었으면 할 따름이다.

독자가 읽어주든 아니든 그것은 내 몫이 아니다. 솔직히 말해 아직 독자를 의식할 수준이 못 된다. 그렇지만 글이란 자기 혼자만의 독백에 그쳐서는 가치를 인정받을 수 없다. 글쓰기란 독자를 전혀 생각하지 않을 수 없겠지만 지나치게 의식하면 운신의 폭이 좁아진다. 하고 싶은 이야기도 움츠러들고, 독자들의 눈치를 살피느라 속내를 토해내지 못하면 줄기 없는 잎만 무성한 글이 되고 말 것이다. 풀어내고 싶던 응어리는 그대로 남게 되어 글쓰기 본연의 취지까지 속박 당한다. 자연히 그런 글은 모두에게 외면당하고 말 것이다. 그렇다면 수필은 어떻게 써야 할까?

문학도 예술의 한 장르다. 예술의 중심 개념이 아름다움이라고 했다. 아름다움이 없으면 예술이라고 말할 수 없고, 아름다움만으로는 예술이라 할 수 없다고 했다. 아름다움이 어떤 형상으로 표현되어야만 예술이라고 한다. 백남준은 어떤 물리적인 의도로 제작한 예술은 성공할 수 없다고 했다. 조건이나 형식, 표현방법 등의 기준이 글쓰기에 방향제시 역할은 되나 제약이 되어서는 안 된다고 본다. 예술은 새의 날갯짓과 같다. 창공을 자유롭게 날던 새가 우리 속에 갇히게 되면 날갯짓을 못함과 같이 어떤 기준의 틀 속에 갇히게 되면 예술의 가치를 잃고 만다. 예술은 각자의 개성을 자유롭게 표출해내는 창작활동이 되어야 할 것이다.

백남준의 예술행위를 한번 돌아보자. 말짱한 피아노를 도끼로 때려 부수고, 소형 TV 모니터로 만든 브래지어를 채워 연주하게 하고, 연주 도중 미인이 옷을 벗게 하는 퍼포먼스

등은 보통 사람이 이해하기 힘든다. 그 돌발적인 상상력은 어떻게 생겨났을까? 파고들면 파고들수록 몽롱해질 뿐이다. 그는 인생 자체가 예술이고, 표현은 인간의 자유를 뜻한다고 역설하고 있다. 한국적이냐는 물음에 "나는 일부러 아시아적이니, 한국적인 것을 표현하려고 한 적이 없다. 그런 의도로 제작한 예술은 성공할 수 없을 뿐 아니라 그런 문제에 관심을 둔 사람은 속물일 뿐이다."고 일축해버리는 단호함. 그 말 자체가 예술적이다. 원칙과 기준을 파괴하고 상식을 뛰어넘은 크기만큼 울림 되는 것이 예술이 아닐까.

　사회의 발전 속도가 놀라울 정도로 빨라지고 있다. 속도만큼이나 변화 또한 복잡하고 다양하다. 이런 변화를 주도하는 것은 무엇일까? 그중 하나가 인터넷 보급일 것이다. 원하는 정보를 언제 어디서나 실시간으로 얻을 수 있는 것이 현실이다. 무한한 정보가 홍수처럼 재빠르게 밀려오면서 지역과 개인 간의 격차를 허물고 있다. 인터넷이 없을 때는 사소한 특색과 특기도 특권처럼 도도하게 자리매김했으나 이제는 삽시간에 평준화되고 만다. 우리는 변화의 틈바구니에 끼어 끌려가고 있으면서도 틈새를 인식하지 못한다. 그러면서도 우리의 의식은 어느 사이 변화에 깊숙이 빠져들어 미미한 것은 느끼지 못하고 있다. 차별화된, 남다른 개성을 강하게 드러내어야 눈에 띄는 사회이다. 다른 사람이 상상할 수 없게 튀어야 성공하는 시대다.

세상의 변화만큼 수필도 변하고 있는 걸까? 독자들은 어떤 수필을 원하는가? 그렇다면 오늘의 수필은 어떤 모습이어야 할까? 더 깊이 고민해야 할 부분이라 생각된다. 특히 예술은 다른 분야보다 시대의 흐름에 더 민감한 분야다. 그 시대를 살아가는 사람들이 가장 먼저 반응하는 것이 예술이라면, 예술은 가장 빠르고 깊게 그 시대에 스며들어야 할 것이다. 시대를 선도해 가야 할 필연적인 운명을 가지고 태어난 것이 예술이 아닐까. 성공하기 위해서 튀어야 하고, 튀기 위해서는 원칙을 파괴해야 하며, 원칙을 파괴한다는 건 새로운 것을 창출해낸다는 말과 직결된다.

수필이 예술의 중심에 자리 잡는 길은 무엇일까?

"예술이란 게 사기입니다. 속이고 속는 거지요. 사기 중에서도 고등사기입니다. 대중을 얼떨떨하게 만드는 게 예술이죠." 백남준의 말을 깊이 새겨본다.

삶의 피톤치드

도심의 휴일은 갑갑했다. 이번 주엔 바쁘다는 핑계로 한 번도 나들이를 못 했다. 그래선지 아랫배에서 신선한 공기에 대한 갈증 신호를 보내 왔다. 일상에 쫓기어 심호흡의 소중함을 까마득히 잊고 있었다. 몸이 찌뿌드드하다던가 기분이 울적할 때 즐기는 나만의 컨디션 조정 방법이 심호흡이다. 우리의 장기도 힘에 부대끼면 강한 신호를 보내 에너지를 충전하려 몸부림을 치는가보다.

시가지를 빠져나와 팔공산으로 향했다. 토요일 오후라 교통량이 많았다. 북대구 나들목 고가도로를 지나 무태 쪽으로 달렸다. 도로 왼편에 꽃을 재배하는 비닐하우스가 펼쳐져 있었다. 가지각색의 화분에 크고 작은 꽃들이 독특한 아름다움을 뿜내며 사람들을 유혹했다. 어느 한 하우스에는 인기를 끌고 있는 육손이를 가득 채워놓고 눈길을 끌었다. 어떤 곳은 공기정화와 음이온을 방출한다는 산세비에리아가 색다른 인상을 풍기며 발길을 멈추게 했다. 그 옆에는 연륜을 비틀어놓은 듯한 분재들이 고풍스러운 멋을 부리며 자태를 뽐내고 있다. 즐비하게 진열되어있는 화분이 제 나름의 모습으로 아름다움을 자랑했다.

사람도 꽃들과 무엇이 다르겠는가. 무수한 종류의 꽃들이 하우스 안에 가지런히 진열되어있듯 사람도 직장이라는 틀 속에 갇혀 각자의 주어진 삶을 누리고 있다. 꽃들은 자기에게 알맞은 화분에 뿌리를 내리고 피어난다. 사람도 꽃처럼 자기의 특별한 재능에 삶의 심지를 박고 살아간다. 꽃마다 모양과 색깔이 다르듯 사람마다 기지와 능력이 다르다. 제각기 향기를 진하게 뿜어내는 것이 있는가 하면 연하게 풍기는 것도 있다. 사람도 성격이 급하고 과격한 사람이 있는가 하면 느리고 유순한 사람이 있기 마련이다. 꽃은 하우스 안에 갇혀 주인의 보살핌을 받으며 살아가고 있다. 사람은 가정이라는 울타리 안에서 가족이란 이름의 보호를 받고 살아간다.

파계교 네거리를 지나고 파군재 삼거리를 지나 백안삼거리로 난 도로를 달리는 기분은 상쾌하다. 찌든 때가 조금씩 녹아내린다. 동화사 가는 길을 따라 얼마만큼 올라가자 자연이라는 이름의 참모습이 나를 껴안았다. 크고 작은 나무가 산천을 빼곡히 덮고 있다. 무태의 꽃 단지와는 또 다른 감흥이다. 거침없이 쭉쭉 자란 나무의 기개가 하늘을 찌를 듯했다. 현기증 나도록 짙은 녹음에 취한다. 괜한 것을 시샘하고 아무것도 아닌 일에 토라지며 각을 세운 삶이 부끄러웠다. 열리지 않을 것 같던 마음이 열려 자연에 녹아들었다. 한 치의 지식도 가진 게 없는 주제에 잘난 체 교만을 떨었던 자신을 푸른 산천이 후려쳤다. 온몸에 멍 자국이 번진다. 피투성이가 되더라도 찌꺼기를 다 털어낼 수만 있다면, 자연을 닮을 수만 있다면 더한 바람이 없으련만.

동화사 옆길을 따라 산길을 올랐다. 스카이라인 조망 점을 목표하여 걸음을 내디딘다. 몇 발자국 가지 않았는데 숨결이 가빠온다. 몸을 오랫동안 혹사한 증거다. 젊을 때는 일을 고되게 하는 것을 혹사라 생각했는데 지금은 그 반대의 해석이다. 몸을 꼼작하지 않는 것보다 더한 혹사는 없으리라. 땀을 뻘뻘 흘리며 몰아쉬는 숨결이 의지와 싸움을 벌이고 있다. 목표지점에 도착했을 때는 온몸이 땀범벅이 되었다. 고됨보다 환희가 마음을 가볍게 했다. 확 트인 시야가 마음의 빗장을 열어 젖혔다. 내려다보이는 계곡과 들판이 오르는 동안의 피로를 말끔히 보상해 주었다. 내 삶의 꼭짓점은 언제였을까? 도회지를 떠나 꽃 단지를 보고 짙은 녹음에 취하고 땀 흘리며 정상에 오르는 과정이 이상향을 찾아 헤매는 내 삶의 한 단편을 보는 것 같다.

이제 내려가야 할 시간이다. 숨을 들이켠다. 세상을 다 들이마시듯 항문까지 깊숙이 숨을 밀어 넣는다. 아랫배가 볼록해진다. 피톤치드가 폐부 깊숙이 스며든다. 마음은 더없이 편안하다. 몸과 마음이 자연과 한 덩어리가 된다.

내려가서 회색 도심의 변형된 삶을 마실지라도….

도깨비의 역설
- 장영희의 '마음속의 도깨비'를 읽고

장영희 교수의 글을 읽으면 다정한 친구를 대하듯 편안하다. 기교를 부리지 않고, 억지로 꾸민 느낌을 주지 않는다. 있는 그대로 진솔하게 다룬 글솜씨가 나를 끌어당겼다. 화장하지 않은 민얼굴이 화장한 아름다운 얼굴보다 더 친숙함을 주듯이 정이 곰삭은 옛 친구 같다고나 할까. 장애를 가졌으면서도 구김살이라곤 찾아보기 힘들다. 감수성이 예민한 여자이기에 마음 한구석에 그림자가 드리워질 법도 한데 그 흔적이라곤 엿볼 수 없다. 때 묻지 않은 진솔함, 실오라기 하나 걸치지 않은 속내. 그래서 나도 알몸이 되어 작품 속으로 깊이 빨려드는지도 모른다.

'마음속의 도깨비'를 읽고 글을 쓰게 된 이유도 작품성보다는 특이한 문장력 때문이다. 날카롭게, 숨겨진 뒷면을 들추

어내어 예리하게 파헤친 대목은 장영희 작가였기에 가능했
으리라. 엉뚱하게 꼬집는데도 어설프거나 아프지 않다. 밉지
않고 웃음이 묻어난다. 재충전을 위한다며 휴가를 갔다 왔는
데 일손이 잡히지 않았다. 백쯤 되는 듯한 불쾌지수와 원고마
감일, 쌓인 일거리가 더 놀지 못한 억울함과 허탈함을 부채질
했다. 회의날짜를 알려온 정교수의 메일 끝에 '마음이 맑아
지는 글'이 착함까지 강요당하는 느낌이라며 단 사족이 조목
조목 인상적이다.

"오늘 내가 헛되이 보낸 시간은 어제 죽은 이가 그토록 그
리던 내일이다."

"(그래, 나는 오늘도 헛되이 보냈다. 아니 오늘뿐인가. 어제
도 그제도 계속 헛되이 보냈다. 그러니 어쩌란 말인가. 어제
죽은 사람 대신 내가 살아 미안해하라는 말인가.)"

나는 평생을 헛되이 살았다. '작심삼일'이라는 말이 나 때
문에 생기지 않았을까 하는 의심마저 든다. 세상을 다 휘어잡
을 듯 시작했다가 언제 흐려졌는지조차 알 수 없이 사라지고
만다. 내일 죽는다며 생각하고 살면 오늘에 충실할 수 있다고
한다. 아직 살날이 창창한데 왜 내가 내일 죽어? 웃기는 이야
기다.

"사람은 누구에게나 배운다. 부족한 사람에게서는 부족함

을, 넘치는 사람에게서는 넘침을 배운다.”

“(‘부족함’ ‘넘침’ 을 배워서 무엇하는가. 넘치지도 않고 부족하지도 않은 딱 ‘알맞음’ 을 배워야 하는 것 아닌가.)”

사람은 늙어 죽을 때까지 배워도 다 못 배우고 죽는다고 한다. 골라서 배울 겨를이 어디 있는가. 닥치는 대로 배워도 시간이 모자랄 형편인데. 넘치면 퍼내고 모자라면 채우면 될 것이 아닌가.

“스스로 신뢰하는 사람만이 다른 사람에게 성실할 수 있다.”

“(이 말은 정말 꼭 날 두고 하는 말 같다. 난 기분파이고, 걸핏하면 내 말을 내가 어기고, 어떤 때는 똑똑하고 어떤 때는 바보고, 절대 나 스스로를 신뢰하지 못한다. 그렇다면 다른 사람에게도 성실할 수 없단 말인가?)”

담배를 삼십여 년 피워오면서 몇 번이나 끊겠다고 주위 사람에게 공표했다. 며칠 못 가 언제 그런 약속을 했느냐며 시치미를 뗐다. 내가 생각해도 한심한 노릇이었다. 그렇다고 사지가 멀쩡한데 왜 내가 다른 사람에게 성실할 수 없단 말인가.

초등학교 땐가? 그날, 내가 무슨 큰일을 범했는지는 기억나지 않는다. 좀처럼 화를 내시거나 질책을 하지 않는 어머니가 심하게 꾸짖었다. 순간 울분을 참지 못했다. 마당에 지펴놓은 모깃불을 아랑곳하지 않고 가로질러 내달렸다. 어떻게 그런 행동을 했는지 모르겠다. 내가 당할 화상보다 어머니의 놀라시는 모습을 더 바랐던 것 같았다. 생각지도 않던 행동에 당황했고, 그러고 나니 다소 후련했던 기억이 어렴풋하다.

구구절절이 맞는 말에 반박하고 착한 짓에 심술을 부리는 도깨비 같은 행동은 어려운 삶을 잠시라도 잊으려는 몸부림인지도 모른다. 돌다리를 디디면 넘어지게 해놓고 물에 빠지는 것을 보고 통쾌해하던 일, 교실 출입문에 분필 닦기를 끼워놓고 문을 열면 떨어져 분필 가루를 뒤집어쓰는 것을 보고 키득이며 좋아하던 일. 예쁜 얼굴을 보면 괜히 꼬집고 싶어지는 충동. 하얗게 잘 다려 입은 여학생의 교복에 먹물을 뿌려주고 싶은 심술. 어린 시절, 도깨비와 친했던 일들이 전설 속의 보물이라도 캐낸 듯 새롭게 다가왔다.

마음속에 엉뚱한 도깨비가 도사리고 있어 아차 하면 뛰쳐나올 태세다. 그런 도깨비가 있는 줄도 모르고 지나쳤거나, 꺼낼 줄 몰랐거나, 머뭇거리며 살았다. 그러나 장 교수는 그것을 스스럼없이 꺼냈다. 그것도 역발상적인 표현 방법을 동원한 것이 마음에 든다. 거꾸로 생각하는 사고는 우리를 새로운 세계로 눈을 돌리게 유도한다. 앞만 보고 달리던 삶을 멈춰 서서 뒤를 살펴보게 하고, 일상의 낯익음을 뒤집어 보고 생각함으로써 낯설게 볼 수 있게 해준다. 긍정과 부정을 적절히 활용할 줄 아는 안목을 길러 새로운 사고를 자아내게 한다.

도깨비 자체를 좋아해선 안 되겠지만, 도깨비로 인해 자기 자신을 관조하는 자극제로 활용한다는 것은 새로운 삶의 활로다. 누구나 가지고 있을 마음속의 도깨비. 그 충동을 잠재우는 데 평생이 걸려도 다 몰아내지 못하는 것이 우리 삶이다. 이 순간에도 내 마음은 도깨비와 크고 작은 일로 치열한 싸움을 벌인다. 착한 마음이 강하면 도깨비는 숨을 죽이고, 도깨비가 강하면 착한 마음이 숨는다. 도깨비는 항상 호기심과 짜릿한 매력을 내세워 나를 유혹한다. 착한 마음과 살든가, 도깨비와 살든가는 순전히 나의 몫이다. 그러나 대부분 사람은 남의 눈을 의식하며 도깨비를 가둬두는 쪽을 택하고 있다.

고민과 노력의 크기만큼, 얻어지는 가치도 비례한다. 그렇듯이 도깨비의 강한 유혹과 충동을 이겨내고 반전시키기 위해서는 욕구를 누르는 힘도 강해야 한다. 그랬을 때 얻는 쾌감과 희열도 그만큼 클 것이다.

'사랑하는 사람들, 내일을 위한 희망, 나의 능력과 재능으로 할 수 있는 일.' 이 세 가지에는 반기를 들지 못했다고 했다. '소금 삼 퍼센트가 바닷물을 섞지 않게 하듯이 우리 마음에 나쁜 생각이 있어도 삼 퍼센트의 좋은 생각이 우리의 삶을 지탱해 준다.' 는 말을 '도깨비는 새로운 사고를 이끌어내는 반전의 에너지다.' 는 역설적인 말로 바꾸면 어떨까?

무모한 도전

내가 쓴 한 권의 책. 그 속에 그려진 내 모습은 어떤 이미지를 풍길까. 무슨 빛깔로 채색되고, 어떤 향기를 내 뿜을까.

생각을 쥐어짤수록 머리는 몽롱해진다. 글을 제출해야 할 날짜가 다가오면 생각은 더욱 굳어지고, 마음은 조급해진다. 처음부터 예상하지 못한 일은 아니지만, 준비 없이 뛰어든 자신을 뒤돌아보게 한다. 쟁쟁한 수필가들로 짜인 이십여 명의 책 쓰기 포럼 문우. 그 대열에 끼인 영광의 대가를 치러야 하는 어려움이 현실로 다가온다. '무식한 사람이 용감하다.'는 말이 있듯이, 글 한 편 제대로 쓸 줄 모르면서 '책 쓰기 포럼'의 도전은 무리였다.

'TV 우리말 퀴즈.'에 출전하는 많은 도전자를 보면 공통점이 있다. 최종 챔피언 출전자를 가르기까지의 문제들은 그런 대로 잘 풀어나간다. 마지막 관문의 도전자로 결정되어 혼자 무대 위에 서면 긴장하는 모습이 역력하다. 퀴즈왕이 되기 위해 완벽한 준비를 하였을 것이다. 그런데 다소 쉬운 문제조차 풀지 못하는 예를 종종 볼 수 있다. 긴장한 탓이리라. 하물며 아무런 계획도 없이 무작정 뛰어든 글쓰기에 생각이 막히고 마음이 바빠짐은 당연하리라.

　선거철이 되면 잊히지 않는 기억 하나가 되살아난다. 제16대 대통령 선거다. 여당 이회창 후보를 누르고 오십칠만 표차로 당선된 노무현 대통령이다. 누구도 노무현 후보가 당선되리라고는 상상조차 하지 못했다. 선거사상 이보다 더 파란만장한 선거도 없었다. 여당의 절대적인 우세에 최대의 관심사는 몇 프로의 득표를 할 수 있을까 하는 것이었다. 야당 자체에서도 아무 정치적 기반을 갖지 못한 무명인사에 불과했으니, 대통령 후보란 격식을 갖추기 위한 형식적인 도전에 그치고 말 것이리라 생각했다.
　야당의 대통령 후보 경선부터, 16부작 정치드라마라 불리는 싸움이었다. 김근태, 김중권, 유종근, 이인제, 정동영, 한화갑 등의 유명 후보군 틈에서 지지율 십 프로도 안 되는 기반으로 시작된 경선이었다. 후보가 결정되자 무섭게 경선을 치렀던 유명 인사들이 당을 떠났다. 뒤이어 있었던 광역단체장 선거 패배로 사퇴 압력이 쏟아졌다. 정몽준과의 선거 공조가 투표 하루 전날 파기 당하는 등 온갖 악재가 불거져 나왔다. 숱한 우여곡절을 딛고 이루어낸 당선, 이보다 더 극적인 드라마는 없었다. '대통령은 하늘이 내려준다.' 는 격언과 도전이 이루어낸 결과일까. 도전이 기적을 만든 선거였다.

1977년 홍수환이 헥토르 카라스키야와 파나마에서 가진 WBA 슈퍼밴텀급 챔피언 결정전이 또 한 번의 기적을 일으켰다. J 페더급까지 두 체급을 제패한 강적과 싸우는 챔피언 전이었다. 온 국민의 응원 열기가 대단했다. 더구나 그 당시 최고의 인기를 끌었던 스포츠가 복싱이었다. 군중의 정신을 짧은 시간 안에 한곳에 모이게 할 수 있는 것이 스포츠였다. 가슴 조이며 손에 땀을 쥐게 하는 긴장감은 경기하는 선수 못지않았다. "라이트 잽. 훅. 스트레이트." 하며 TV 앞에 모여앉아 함성을 지르며 온몸을 비비 꼬았다.

2회전이었다. 잔뜩 기대한 것과는 달리 홍수환이 주저앉고 말았다. 한 회에 네 번이나 다운을 당했다. 회생할 가능성이라고는 전혀 찾아볼 수 없었다. 승패는 이미 결정된 것 같았다. 과연 몇 회전까지 버틸 수 있느냐가 관심거리였다. 일 회전이 꼭 일 년같이 길게 느껴졌다. 삼 회전 경기가 시작되자 전세를 KO승으로 역전시켰다. 말 그대로 칠전팔기의 신화가 이루어졌다. 넘어질 줄 모르는 오뚝이 홍수환. 성공이란, 강한 집념만큼 노력해야 하고, 노력한 것만큼 이루어지는 것이리라.

'시도하지 않으면 아무것도 할 수 없다.' 라는 지그 지글러의 말처럼 도전은 인간의 꿈을 실현하게 해주는 씨앗이다. 나는 무엇이든 안전하게만 하려 들고, 실패를 두려워하는 성미다. 더구나 나이 들어 맛보는 실패란 더 처절할 것이리라는 강박관념이 마음 깊은 곳에 자리 잡고 있다. 지그 지글러의 말과 내 관념과의 싸움에서 '자신의 재능을 아예 부정하고, 실패가 두려워 망설이고 있을 때, 세월은 저만치 비켜가고 만다.' 는 가르침을 읽었다.

'재능이 존재하느냐 아니냐는 당신 자신에게 달려있다. 그 해결책은 지금 바로 그것을 실행해 보는 것이다.' 라는 말이 갓 출가한 스님의 화두처럼 마음속에 머문다.

솔직함과 양심

솔직함은 뭐고, 양심은 또 무엇인가. 하고 싶은 일만 하고 살 수는 없을까? 살다 보면 싫어도 해야 할 일이 있고, 하고 싶어도 할 수 없는 일이 있다. 혼자 사는 세상이 아니기 때문이리라.

강신주의 "철학이 필요한 시간" 프롤로그에 이런 글이 있었다. 토요일 한 시에 시인과 만나기로 약속했다. 세 시가 되어도 오지 않아 시인에게 전화했더니 "오늘은 별로 시내에 나가고 싶지 않네요. 다음에 보도록 하지요." 하는 대답을 듣게 되었단다. 너무 당혹스럽고 화가 치밀었으나 얼마 후 문득 조그만 깨달음을 얻었단다. 솔직함과 정직함이 그것이라 했다. 아무리 이해하려 해도 범인으로서는 생각이 미치지 않았다. 상대의 입장은 안중에도 없는 시인이 그렇고, 깨달음을 얻었다는 강신주가 그랬다. 약속했다는 이유만으로 시인이 나왔다면 우울함을 억누르고 유쾌한 척 대화를 나누었을 것이나 그는 그것을 원하지 않는다고 했다. 그건 껍데기와 앉아 있는 것이라는 이유 때문이라 했다.

지난 연말이었다. 밤늦은 시간에 전철을 탔다. 십이월이면 송년 모임이니 하며 술자리가 잦은 편이다. 나는 한 잔만 마셔도 얼굴이 홍당무처럼 짓붉어졌다. 다른 승객들에게 불쾌감을 줄까 봐 구석자리를 골라 앉는 편이었다. 일말의 양심은 살아있음이다. 점잖다는 이미지가 술주정뱅이로 전락할까 봐 두려운 것이 솔직한 심정이었다. 지긋한 나이에 주책없이 마셨다는 눈총을 보내오는 것 같았다. 도둑이 제 오금 저린 격이었다. 하지만 어쩌란 말인가. 조금만 마셔도 붉어지는 얼굴. 술을 마셔서 안 될 나이도 아니고, 주정을 부리는 것도 아닌데. 창피해야 할 일도, 미안해할 일도 아니지 않은가. 왜 죄인처럼 가슴 졸이며 부끄러워해야 하나. 겸연쩍어하는 마음과 그럴 이유가 뭔가 하는 사이를 분주하게 넘나드는 갈등이 머리를 어지럽혔다.

한 역을 지나서다. 젊은 학생 예 닐곱 명이 무리를 지어 탔다. 한 잔 거나하게 했는가 보다. 대다수는 멀쩡하였으나 몇몇은 흐느적거렸다. 내게로 쏠렸던 시선이 그 학생들에게로 옮겨가 구원병을 얻은 듯 마음이 편해졌다. 밤늦은 시간이지만 연말이라서일까. 많은 승객이 자리를 메우고 있었다. 두 역을 지날 때였다. 복잡하던 자리가 순식간에 널찍해졌다. 한 학생이 기어코 술값을 치렀다. 같이 탄 학생들이 어찌할 바를 몰라 했다. 주위에서는 핀잔을 주는 사람, 기관사에게 연락하라며 독촉하는 사람, 빨리 치우라는 호통을 치는 사람 등 가지각색이었다. 그러는 사이 다음 역에 도착하자 술 취한 학생을 데리고 주르르 내렸다. 일행 모두가 내리는가 했는데 두 학생이 남아 뒷정리를 했다. 역겨움을 참으며 애쓰는 모습이 대견했다.

 다른 것도 아닌 친구가 토해낸 것을 정리하기란 여간 어려운 일이 아니지 않은가. 포시럽게 자란 젊은 청년들이 자기중심적이고 의리 없는 철부지라 믿었던 생각이 사그라졌다. 살 만한 좋은 세상이라는 생각을 가지게 된 밤이었다. 친구의 실수를 미안해하는 표정이 얼굴에 역력했다. 정리도 정리려니와 쏟아지는 주위의 눈총은 또 얼마나 따가웠을까. 친구 덕택에 죄인 아닌 죄인이 되어 친구가 맞을 매를 둘이서 다 맞았다. 술 취한 학생이야 정신을 가누지 못하니 어쩔 수 없다지만 내가 술 취한 학생의 친구였다면 어떻게 했을까? 아마 친구를 데리고 같이 내렸을 것이다. 뒷정리할 아량도 없을 뿐 아니라 용기를 내지 못했을 것이다. 그것도 모자라 다시는 그 친구와의 술자리를 같이하지 않으리라 맹세라도 했을 것이다. 친구에게 술주정 한번 부린 적이 없는 사람처럼.

약속을 지키기 위해 마음 내키지 않는 만남도 있을 수 있는 것이 우리의 삶이다. 그럴 땐 빈껍데기로 약속만 이행할 따름이다. 솔직함만 내세운 일방적 약속 파기는 상대를 무시하는 결과가 될 것이다. 솔직함과 정직함도 상대에게 피해를 주지 않는 범위 내에서 지켜져야 옳다는 생각을 떨쳐버릴 수 없었다. 친구가 더럽혀 놓은 바닥을 정리한 두 학생도 솔직하고 정직함만을 내세웠다면 술 취한 친구와 함께 내렸을 것이다. 그러나 그대로 두고 내리려니 자신을 용납하지 못할 무엇인가가 작용했으리라. 솔직한 감정과 잡아당기는 무엇인가와 밀고 당기는 싸움 끝에 뒷정리하기로 하였으리라. 그것이 무엇일까?

양심은 보는 이가 있을 때와 없을 때의 잣대가 달라지는 것이 솔직함이 아닐까? 솔직함은 누가 보든 보지 않든 상관하지 않는 것이리라. 강신주가 깨달은 솔직함이란 우리가 헤아릴 수 없는, 뒷면까지를 읽을 수 있는 혜안을 가져야 가능하리라.

솔직함이란 아기를 닮은 천진난만함이라면, 양심은 천사를 닮아 남을 배려하는 아름다움이리라.

김상규 수필집

도깨비의 역설

4부
인사

● ● ●

나의 복 그릇

한 치 앞도 내다보지 못하는 삶이 답답할 때가 한두 번이 아니다. '앉아서 천 리를 바라볼 수 있다면, 아니, 하루 앞일이라도 내다볼 수 있다면 얼마나 좋을까?' 엉뚱한 생각이 불쑥불쑥 솟을 때가 있다. 어떤 일이 닥치면 이러는 것이 좋을까? 저러는 것이 좋을까? 많은 갈등을 느낀다. 일의 크기에 따라 갈등하는 시간의 길이와 고민의 깊이도 비례한다. 장고 끝에 악수를 둔다는 말이 있듯이 자칫 잘못하면 엇길로 들어가 일이 꼬이게 되어 되돌릴 수 없는 경우가 허다하다.

한 이십여 년이 지났을까. 포항의 한 변두리 지역에 분뇨처리장이 들어선다는 기사가 지방신문의 앞면을 장식했다. 어느 대학교가 들어온다느니 하는 개발 계획이 가슴 부풀게 했었는데 난데없는 분뇨처리장이 설치된다니 믿어지지 않았다. 언덕으로 이루어진 지형의 윗부분에 혐오시설이 들어서면 아래쪽에 있는 내 토지는 큰 영향을 받기 마련이다. 그렇게 되면 토짓값이 폭락할 것은 뻔한 이치다. 있는 돈 없는 돈 다 긁어모으고도 모자라 차용까지 해서 마련해 둔 토지가 아니던가. 이런 날벼락이 어디 또 있을까. 운수 사나운 사람은 엿 골에 밀어도 개똥 위에 넘어진다더니 이런 것을 두고 한 말이리라.

며칠을 두고 처분해야 하나? 그냥 버티어볼까? 갈래 길에서 고민에 빠졌다. 혼자 결정하기보다 토지에 대한 정보를 많이 아는 선배에게 조언을 받는 것이 좋을 것 같아 그러기로 했다. 아무래도 전문적인 지식을 바탕에 두고 분석하는 것이 시행착오를 줄일 수 있는 한 방법이기 때문이다. 섣불리 결정했다가는 후회가 뒤따르기 마련이다. 판단이 잘못되더라도 전문가의 의견을 얻어 결정하는 것이 억울함을 줄일 수 있으리라 생각했다. 선배에게 전화했다. 주저 없는 대답은 당장 처분하라는 것이었다. 시간을 다투는 일인 것 같아 몇 군데 복덕방에 처분 의사를 밝혔다. 쉽지 않으리라는 생각이었는데 일주일도 채 걸리지 않아 매각되었다. 이태 만에 서너 배의 이익을 얻었으니. '나도 이런 큰 복을 받을 때도 있구나.' 하고 쾌재를 불렀다.

그로부터 몇 년이 지났다. 분뇨처리장 입지는 백지화되었다. 곁들인 사실은 신항만이 들어서게 된다는 것이었다. 해변을 낀 넓은 도로가 개설되고 새로운 공업단지가 조성되는 등 개발 활기가 넘쳤다. 내가 소유했던 토지는 도로변에서 삼십여 미터 안쪽에 있어 요지로 변했다. 지가가 천정부지로 치솟았다. 약삭빠른 고양이 밤눈 어둡다더니 이게 무슨 괴변인가. 손아귀에 들어왔던 횡재가 모래알처럼 빠져나가고 말았다. 좋아했던 쾌재가 쓰라림으로 반향 되어 가슴을 때렸다. 선배가 원망스러웠다. 차라리 내 무지한 지식으로 판단했더라면 미련스럽게 움켜쥐고 있었을지도 모를 일이라며 때늦은 후회가 밀려왔다. 친구의 조언만 받았더라도 이런 결과는 없었을 텐데. 친구를 떠올리지 못한 것도 내 복이었나 싶었다.

토지가 사라져간 허공을 멍하니 쳐다보며 친구를 떠올렸다. 어느 날 포항에 살고 있던 죽마고우가 만나자 했다. 시가지를 벗어난 변두리에 얼마 지나지 않으면 개발될 좋은 토지가 있다고 소개했다. 현장을 둘러보며 무조건 사란다. 너무 외진 곳이라 마음이 내키지 않았다. 낯선 지역이라 그곳의 정보에 어두운 탓도 있었지만, 좋은 선입견을 품기 어려웠다. 이런 오지에 무슨 전망이란 말인가? 의구심을 떨쳐버릴 수가 없었다. 내가 사는 모습이 너무 안쓰러워 특별히 권한다며 만약 손해가 나면 이자까지 계산해서 배상해 주겠단다. 친구가 고마웠다. 고향 친구란 생각만 해도 가슴이 찡한, 정이 흠뻑 묻어나는 사이가 아닌가. 죽마고우가 바로 이런 것이구나. 새삼스러움에 가슴이 뜨거워졌다. 거기에 한 아름의 이득까지 안겨주려는 짙은 우정이 더욱 값지게 느껴졌다. 이 어찌 아무나 할 수 있는 마음씬가. 친구라고 쉽게 할 수 있는 일이 아니지 않은가.

복은 아무렇게나 오는 것이 아니다. 씨앗을 뿌리고 길러야 곡식을 수확할 수 있듯이 많은 베풂이 있어야 하거늘. 경주 최부잣집 가훈이 떠올랐다. '부자 삼 대를 못 간다.'는 속담과는 달리 십이 대에 걸쳐 만석꾼으로 살았으니 그들의 삶을 짐작하고도 남을 일이다. 만석 이상 재산은 사회에 환원해주고, 찾아오는 과객은 후하게 대접하여 보내며, 사방 백 리 안에 굶어 죽는 사람이 없게 하라는 가훈은 우리를 놀라게 할 뿐이다. 욕심이란 재산의 크기만큼 불어나기 마련이다. 욕심을 절제할 수 있는 능력이 재산보다 더 값지게 느껴졌다. 남의 눈을 속여서라도 부를 축적하려는 현실이 아닌가. 아니 강제로라도 재산을 긁어모으려는 세상이지 않은가. 맨땅에서 수확을 기다리는 자신보다 더한 강제가 또 있을까?

잘살고 못사는 건 타고난 팔자가 아니다. 그것은 어떤 씨앗을 열심히 뿌리고 가꾸었나 하는 결과에 달려있다. 친구를 믿고 느긋하게 기다려야 했었는데 쥐꼬리만 한 지식으로 교만을 부린 대가였다. 좁쌀 한 줌도 쥐지 못하는 화상처럼. 이것이 내가 스스로 부른 팔자였다. 지나간 욕심을 붙잡고 아쉬워하는 어리석음이 나를 더 초라하게 했다. 이미 엎질러진 물을 어쩌겠는가. 속이 상해도 내가 밟은 전철前轍을 다른 사람은 밟지 않도록 기원해 주는 것이 최선의 길이리라. 그것이 내 복의 그릇을 키우는 길이리라. 긴 숟가락으로 밥을 떠 내가 먹으려 애쓰다 떨어뜨리고 마는 것이 지옥이고, 밥을 떠 상대를 먹여주며 배를 불리는 것이 천당이라 하지 않은가.

오늘따라 잡보장경雜寶藏經 무재칠시無財七施의 심시心施가 마음을 채찍질한다.

두 얼굴

경제가 어렵다고들 야단이다. 좀체 살아날 기미를 보이지 않아 마음이 위축된다. 경제가 나쁠수록 호주머니를 닫게 되고, 경기는 더욱 침체되는 악순환이 거듭된다. 그 영향이 소통을 어렵게 하고 자기를 보호하려는 성향을 강하게 하고 있다.

며칠 전 조선일보 사회면에 난 두 기사가 눈길을 끌었다. 대조적인 기사가 같은 면에 나란히 실렸다. 극을 이루는 두 기사를 일부러 찾아 실으려 해도 찾기 어려웠을 텐데. '또순이 할머니 연세대에 전 재산 백 억 기증' , '노숙인 몰골로 잡힌 이십일억 사기범' . 사회의 한 단면을 보는 것 같았다. 요즘 전국을 떠들썩하게 하고 있는 어린이 등 성범죄 사건과 묻지 마 폭행 및 살인 사건들이 마음을 어둡게 했다. 모두가 불안에 숨죽이고 있는 이때 사기범의 기사는 경계심을 키웠다. 가뜩이나 찌푸린 사회가 더욱 어두운 기운을 불러 모으는 것 같았다. 그 어둠 사이를 뚫고 거액을 기증한 따뜻한 기사가 한 줄기 빛으로 온기를 뿜었다.

주인공은 여든아홉 살의 김순전 할머니였다. 연세대학교 총장실을 찾아가 자신의 이름을 딴 장학회를 만들어 달라며 전 재산을 기부했다. 평생 알뜰하게 모은 자택과 네 건의 부동산과 예금 등 백억 원에 달하는 거액을 내놓았다. 어릴 적 오빠들이 아침마다 중·고등학교에 가는 것이 그렇게 부러울 수가 없었다고 했다. 공부하고 싶었으나 여자가 무슨 공부를 한다고 학교에 다니느냐며 들어주지 않았단다. 당시 남녀의 차별이 얼마나 심했는지를 읽을 수 있었다. 열심히 살았지만, 여자란 이유에 가려 못 배운 한은 끝내 풀리지 않았단다. 어려운 학생이 공부할 수 있게 돕는 것이 자신이 공부하는 것과 똑같다며 한을 풀기 위해 기부를 하게 되었다 했다.

황해도 장연군에서 태어나 유복한 환경에서 자랐다. 육이오 전쟁으로 부모·형제와 헤어져 남편과 함께 월남했다. 달랑 이불 한 채만 들고 내려와 서울에 정착하게 되었다. 장사하며 돈을 열심히 모았다. 굶기를 밥 먹듯 했다. 버스비를 아끼려 후암동에서 동대문까지 매일 걸어 다니며 알뜰히 살았다. 평생 속옷도 기워 입을 만큼 검소한 생활이 몸에 배어 또

순이처럼 살아왔다. 가족들이 이제 여유를 좀 부려도 되지 않느냐고 해도 묵묵부답이었다. 육십여 년간 악착같이 모은 재산을 기부하는데 주저하지 않았느냐는 질문에 "우리 식구들 먹고살 걱정은 이제 없습니다. 그저 어려운 아이들에게 장학금을 주어 훌륭한 일꾼으로 만들어 주세요."란 대답이 전부였다.

5년간 도피생활을 하던 사기꾼이 잡혔다. 십여 명으로부터 21억 원이 넘는 투자금을 받아 챙긴 혐의다. 백화점 상품권 사업에 투자하면 십 프로의 수익금을 더 주겠다며 투자자를 모았다. 경제가 어려운 때일수록 한 푼이라도 수익률이 더 높은 곳이 있다면 투자하고 싶은 욕심을 가지게 되는 것이 인간의 본능이리라. 그 점을 노린 사기꾼의 의도가 적중한 사건이었다. 십 프로를 더 주겠다는 말에 현혹되어 투자자들이 모였다. 서른여섯 차례에 걸쳐 8억여 원이란 큰돈을 투자했다가 한 푼도 돌려받지 못한 사람도 있었다고 했다. 사기의 수법이 얼마나 뛰어난가를 짐작할 수 있었다. 속이려는 자와 속히는 자의 상호 먹이사슬, 그 사슬이 연결된 고리 사이엔 욕심이란 덫이 자리 잡고 있었기에 가능했으리라.

사기와 베풂의 간격은 너무 컸다. 서울 일대의 모텔을 전전하며 오 년이란 세월 동안 피해 다니던 사기꾼의 몰골은 영락 없는 노숙인 행색이었다. 고급오피스텔에 회사를 차려놓고 외제 차를 타고 다니며, 명품 옷을 휘감고 투자자들을 유치했던 화려함은 온데간데없었다. 분에 넘치는 욕심의 끝이 어디인가를 보여주는 것 같았다. 재산이 많으면 많을수록 그 재산의 크기만큼 불어나는 것이 욕심이다. 욕심에 휘달려 스스로 목줄을 죄어가는 사기꾼의 삶의 종착점과 배고픔과 고통을 참으며 모은 재산을 내놓은 베풂의 참모습은 너무나 대조적이었다.

사기꾼이 얼려놓은 사회를 김순전 할머니의 거액 기부가 훈훈하게 녹이고 있다.

인사

삶은 사람과 사람의 만남이다. 첫 만남이 인사이고, 인사는 서로의 관계를 얽어매는 첫걸음이다. 그래서 소홀히 할 수 없는 것이 인사다.

시골에서 어린 시절을 보냈다. 기차 소리도 들리지 않는 오지다. 육십여 호 중 몇 집을 빼고 모두 친인척으로 이루어진 마을이다. 인사를 하면 별난 반가움으로 맞아주는 할머니 한 분이 계셨다. 인사라 해야 길에서 마주칠 때면 꾸벅 머리를 숙이는 것이 전부다. 그러고 나면 "어디 보자 이 누군고? ○○ 댁 둘째 아들이구나, 어찌 이렇게 인사도 잘하고 인물도 잘생겼을까. 어디 가는 길인고?" 하며 머리를 쓰다듬어 주셨다. "예, 심부름 가는 길입니더." "착하기도 해라." 하는 칭찬에 머쓱해져 머리를 긁적이며 얼굴을 붉히던 기억이 새롭다. 고개 한번 숙이고 한 아름도 넘는 칭찬을 듣고 나면 기분은 날 아갈 것 같았다. 그 할머니만 만나면 기분이 좋아져 오늘도 만날 수 있을까 기대를 하곤 했다. 저 멀리 할머니가 오시는 것이 보이면 일부러 지나가는 척하며 인사를 드렸다. 할머니의 인사 화답이 지금 와서 더욱 소중한 보물처럼 가슴 속을 파고들었다.

　많은 예절 가운데 기본이 되는 표현 방법이 인사이다. 인사는 상대방을 인정하고 존경하며 반가움을 나타내는 형식의 하나이다. 우리나라에서도 현대에 이르러서는 악수를 하는 것이 인사의 기본으로 통용되고 있다. 악수에 대한 서양의 인사 유래를 보면 상대에게 적의가 없다는 것을 들어내 보이는 행동에 기인했다는 설이다. 악수와 오른손을 드는 인사법에는 오른손에 무기가 없음을 확인시키는 행위에서 비롯됐다고 한다. 허리를 숙이는 인사법도 자신의 급소인 목을 내놓는 행위라는 의미를 지니고 있어 악수와 같은 맥락이다. 인사가 단순히 만남을 표하는 형식을 떠나 사람과 사람 간의 인간관계를 엮어나가는 고리 역할을 하는 중요한 행위이다. 예로부터 우리나라에서는 인사를 잘하고 못하는 것으로 사람의 됨됨이를 가늠해 왔다. 인사성이 밝은 아이를 보면 '아무개의 아들은 사람이 됐어.' 하고 그의 부모까지 칭송했다. 인사를 예절의 척도로 삼을 만큼 중요하게 여겼던 대목이었다.

몇 해 전 있었던 일이 새삼스러웠다. 어느 단체에서 등산을 갔다. 그다지 높지 않아 전문 등산가가 아니더라도 오를 수 있는 산이었다. 경관이 빼어나 많은 사람이 붐볐다. 산의 중턱을 오르고 있을 즈음이었다. 예닐곱 살쯤 되었을까? 한 여자아이가 가쁜 숨을 내쉬며 옆을 지나가고 있었다. 안쓰러워 보이면서도 기특했다. 높지 않다지만 어른들도 힘들어하는 산을 오르다니 장했다. 후배가 머리를 쓰다듬어 주었다. 그러자 "아저씨 왜 성희롱해요." 반사적으로 쏘아붙였다. "어머니, 이 아저씨가 성희롱했어요." 하며 뒤따라 올라오는 어머니께 일렀다. 깜짝 놀랐다. 사회가 아무리 험하다 해도 이건 아니지 않은가. 자녀의 안전을 위해 부모의 노심초사야 끝이 없겠지만, 인간의 근본마저 가려져서야 되겠는가. 사회의 악습을 경계하는 불신의 역효과가 씁쓸한 아픔으로 다가왔다. 처음 보는 사람에게도 다정하게 인사를 나누는 훈훈한 관습이 등산가들의 모습이 아닌가.

이십여 년 전의 일이었다. 인사발령을 받고 고향을 떠났다가 십 년 만에 돌아왔을 때였다. 평소 존경했던 상사가 퇴직하였으나 한 번도 찾아뵙지 못해 송구스러움을 감출 수 없었다. 객지 생활을 한다는 핑계로 도리를 다하지 못했다. 고향에서 근무하게 되었으니 늦었지만, 인사를 드리는 것이 마땅하다고 생각해 찾아뵈었다. 뜻밖에 따뜻하고 반갑게 대해주셨다. 꼭 다정한 친지를 대하듯 다른 사람처럼 느껴졌다. 평소에는 무뚝뚝하고 말수도 적은 편이었다. 나이와 직책 차이가 커서 가까이 대하기 어려웠던 처지였다. 그러던 상사가 퇴직한 지 불과 이 년이 조금 지났는데 이렇도록 변하다니. 퇴직하고 나서는 찾아오는 발길이 끊겼단다. 사람이란 자기가 필요할 땐 성의를 표하다가도 필요하지 않으면 모른 체하기 일쑤이니 텅 빈 공간을 메우기가 어려웠으리라. 직책의 높이에 비례하여 외로움의 크기를 측정한다지 않았던가. 찾아뵙기를 잘했구나 싶었다. 이렇게 반가워할 줄 상상도 못 했다. 고개를 숙이면 숙일수록 깊어지는 것이 인간관계이리라.

 인사하는 모습 하나만 보더라도 그 사람의 인격과 품위를 알 수 있다는 말이 있다. 인사는 그만큼 우리의 삶을 대변하는 중요한 부분을 차지하고 있다는 증거다. 바쁜 일상에 쫓기다 보면 형식에 그치고 말 수도 있다. 그러나 상대의 마음을 사로잡을 수 있는 실마리가 인사에서 출발한다고 보면 소홀해선 안 되리라. 인사란 사랑과 진심을 담아 친절하고 품격 있게 할 수도, 마지못해 건성으로 하는 수도 있다. 그렇다고 형태와 절차, 소요 시간은 다르지 않다. 그러나 그 효과는 천양지차다. 진정성이 깃든 인사는 상대의 닫힌 마음의 빗장을 풀게 하는, 눈에 보이지 않는 용해제로 작용하지만 그렇지 않으면 더 굳게 잠그게 하는 결과를 가져오게 할 뿐이다. 어차피 해야 할 인사라면 마음에서 우러나오는, 상대방을 존경하고 뜻하는 바 모든 것이 이루어지기를 가득 담아 하는 것이 좋을 것이다. 그런 인사가 상대를 위하고 나를 위하는 인사다운 인사가 될 테니까.

되로 주고 말로 받는다는 말이 있다. 가식에서 벗어난, 정성을 담은 인사만이 서로의 속내를 소통시키고 끈끈한 인간관계의 아름다운 인연을 싹 틔울 수 있으리라.

공짜의 대가

세상에 공짜는 없다. 그렇다고 공짜를 싫어하는 사람도 없다. 공짜란 무엇일까? 좋아하지 않을 수도, 좋아해선 안 될 것도 공짜다. 공짜란 낚싯바늘에 꿰인 먹이를 삼키는 일이다.

"여보세요, 물품대금 왜 입금 안 해줍니까?" 퉁명스런 쉰대 초반의 여자 전화다. "아니 계좌이체 해 드린 지 한 달이 넘었는데 왜 자꾸 전화합니까? 입금 통장을 확인해 보세요." "이 양반이 입금도 하지 않고 이체시켰다니, 사기 치나…." 다짜고짜 윽박지르며 사기꾼으로 몰았다. 경상도의 거친 억양에 무뚝뚝한 말투가 꼭 죄인을 심문하듯 했다. 어처구니없는 노릇이었다. 일주일 간격으로 네댓 번의 전화가 걸려왔다. 계좌 이체 연월일과 이체한 점포 이름까지 알려줬는데도 막

무가내였다. 노인네들에게 물품 대금을 끈질기게 청구하여 견디다 못해 재차 물어주는 사람도 있다는 지인의 말이 스치고 지나갔다. "지금 뭐라 했습니까? 사기 친다 했어요." 이런 모멸감을 받기는 처음이다. 당장 찾아가 멱살이라도 잡고 싶은 심정이었다.

이 년 전의 일이었다. 신문지에 끼어 있는 하얀 봉투 한 장이 시선을 끌었다. 다른 전단은 알몸인 데 비해 봉투 속에 몸을 감추고 있었다. 그 속에는 바로 삼킬 수 있도록 요리된 즉석복권이 유혹하며 구미를 당기게 했다. 'ㅇㅇ 내비게이션'에서 제공하는 사은 행사 경품권이라는 이름을 빌린 즉석복권. 심리를 자극한, 한 단계 발돋움한 아이디어를 서슴없이 넙죽 삼켰다. 첫 장은 뺑이었다. 이왕에 긁은 것 남은 한 장도 긁었다. 이등에 당첨되었다. 복권이나 행운권에 당첨되어본 일이 없었는데 오십구만 사천 원짜리를 부가가치세 오만 구천사백 원만 지급하면 된다니 이런 횡재가 어디 있단 말인가. 상품도 흔히 볼 수 없는 산삼액이었다. 일등의 금반지보다 희소성은 오히려 더 높았다. 산삼이라면 신선과 불로장생을 연상하게 하는 영약이 아닌가. 어느새 신령스러워지는 망상이 날갯짓했다.

선착순 오십 명에 한해 상품을 제공한다니 행운을 놓칠세라 바로 전화를 했다. 통화 중이었다. 당첨된 많은 사람이 전화기를 들고 설치는가 보다. 몇 번을 시도했으나 그때마다 통화 중이었다. 마음은 점점 조급해졌다. 모처럼 찾아온 행운이 꿈결로 사라질 판이다. 다이얼을 눌렀다. '삐, 삐, 삐, 삐' 통화 중 신호음만 계속 울렸다. '그럼 그렇지 나에게 무슨 행운이 오나.' 싶었다. 매사에 모질게 매달리는 성격이 아니었다. 어느 모임의 식사 도중 잊었던 복권이 욕심스런 목줄을 타고 떠올랐다. 밑져봐야 본전인데 하며 전화를 했다. 혹시라도 했던 것이 요행을 가져다주었다. "당첨을 축하합니다. 선생님께서는 큰 행운을 잡으셨습니다." 는 인사말이 수화기에서 흘러나왔다. 오십 명 선에서 잘리지 않았단 말인가. 잃은 횡재를 다시 찾아 움켜쥔 기분이었다.

이십 년 전쯤의 일이었다. 아버지가 건강식품을 한 박스 가지고 오셨다. 그런 며칠 후부터 밥도 제대로 잡수시지 못하고 고민하는 표정이 역력했다. 무슨 걱정이냐고 여쭈어 보았으나 말씀이 없으셨다. 시간이 흐르고 대금 지급 날짜가 다가오자 자초지종을 털어놓으셨다. 이백만 원이 넘는 건강식품을 사고는 대금을 내야 할 일이 난감하셨단다. 집 가까운 곳에 천막을 쳐놓고 노인을 불러 모아 약을 판매하고 있는 곳이 있었다. 어디 좋은 구경거리나 먹을거리가 있으면 모여드는 것이 노인들이다. 무료함을 달래고 여럿이 즐기며 시간 보내기에 안성맞춤이 약장사 구경이다. 젊은 아낙의 멋들어진 익살에 뱃살을 움켜잡으며 시간 가는 줄을 모르니 이보다 더한 재미는 없었다. 그곳에 다녀오시는 날에는 빈손으로 오실 때가 없었다. 음료수며 라면을 들고 오시기도 하고, 어떤 날에는 화장지 한 통을 들고 오실 때도 있었다. 상혼에 약한 노인이 장사꾼의 상술에 매료된 징표였다.

잡담과 먹을거리로 어르신의 마음을 사로잡으며 분위기가 무르익어가던 어느 날이었다. 할아버지 할머니의 건강을 책임지겠다며 특효약을 소개했다. 손발이 차고 시리며 무릎에 찬바람이 나고 허리가 끊어질 듯 아픈 사람들이 열흘만 먹으면 깨끗이 낫는다고 했다. 뼛골이 쑤시고, 나른하여 눕고 싶고, 눈이 침침하며 귀가 먹은 것은 원기 부족 탓이라며 이 약이 특효약이라는 소개에 솔깃했단다. 꼭 당신을 위해 만들어낸 약이란 착각이 일도록 꼬드겼으니 젊은이인들 넘어가지 않고는 배겨나기 어려운 일이리라. 아픈 곳을 꼭 집어낸 처방에 금방이라도 건강을 되찾을 것 같은 기분이셨단다. 만병통치약이 아니더라도 매일 놀러 가 맛있는 것 드시고 선물까지 받았으니 양심상 거절할 수가 없었을 게다.

이태가 조금 지난 이야기다. 아파트 입구에 다다랐을 때였다. 오십 대 후반의 한 남자가 다가왔다. 신문 한 부를 보란다. 일 년간만 보고 그만 봐도 된다며 권했다. 대형할인점의 오만 원 상품권을 내밀었다. 덧붙여 육 개월간은 무료로 넣어 주겠단다. 한때 무가지 논란이 언론을 뜨겁게 달구었던 이야기가 바로 이런 것이었구나 하며 본의 아니게 언론의 한 변두리를 서성이게 되었다. 나이 예순을 넘어 나빠진 시력에 잔글씨 읽기가 꺼려져 일부러 보지 않은 신문이지 않은가. 보고 싶으면 인터넷을 검색하여 무슨 신문이든 다 볼 수 있으니 아쉬움을 느끼지 못했다. 한편으로는 '신문 한 부 보지 않아서야!' 하는 생각에서 벗어날 수 없었다. 육 개월간 무료에다 오만 원권 경품이 유혹했다. 예순에 가까운 홍보원의 나이가 욕심을 은폐시킬 수 있는 자리를 내 주었다.

상혼과 욕심이 엮어낸 낚시 놀음의 파장이 곳곳에서 묻어 났다. 한국○○○영농조합 제조원의 장뇌산삼 농축액은 겨우 영 점 오 프로에 불과했다. 당첨 축하 전화 소리와 판이한 사기꾼으로 모는 전화. 속이고 속으며 살아가는 것이 우리의 삶이라 하지만 속임은 욕심이란 양념이 가미되지 않으면 아무도 삼킬 사람이 없으리라. 의도적인 것도 있겠지만 본의 아닌 것도 허다하다. 본의건 아니건 속이고 속는 건 자기 몫이다. 당연히 그 대가도 자기 몫이다. 여인의 강한 목소리가 메아리처럼 귓전에 맴돌았다. 동명이인이 있어 생긴 일이라 매듭지어졌지만, 책임 없이 내뱉는 말의 대가로 받은 상처는 내 삶에 옹이를 남기고 지나갔다.

　퇴직 후의 삶은 덤이라는 이야기를 흔히들 한다. 공짜로 얻은 삶을 몽땅 바쳐서라도 영혼을 살찌우는 먹잇감이 있다면 덥석 삼키리라.

고독한 전사
- 제2연평해전 전사 10주기를 맞아

"저의 이름은 참수리 삼백오십칠 호 정장 윤영하 소령입니다. 저는 2002년 6월, 연평도 앞바다에서 동료 다섯 명과 함께 전사했습니다."

빨간 물결의 월드컵 열기가 세계를 뜨겁게 달구고 있을 때였습니다. 붉은 악마의 함성에 짓눌린 서해는 모든 이들의 기억 속에서 까마득히 사라진 바다였습니다. 토요일 아침, 고요의 수평이 긴 사색의 외줄을 가냘프게 드리우고 무겁게 내려앉은 바다. 끼루룩끼루룩, 갈매기 울음소리마저 여느 때와 달리 소외된 외로움의 목멤이었습니다.

북측 8전대 684호가 NLL(북방한계선)을 넘어 다가오는 것을 지켜봐야만 했던 현실이 아리었습니다. 서슬이 시퍼런 칼날 위를 걷는 것보다 더한 조바심을 일게 한 순간이었습니다.

'북으로 돌아가라.' 세상을 다 안고도 남을 아량을 베풀었지만, 그들에겐 통하지 않았습니다. 우리는 십 킬로미터 떨어진 목표물을 명중할 수 있는 칠십육 밀리미터 등 첨단 무기를 탑재하고 있으면서도 '교전규칙' 이란 그 알량한 감옥에 갇혀 손끝 하나 먼저 움직이지 못했습니다. 손으로 작동해야 하는 팔십오 밀리미터의 구식 포탄에 너무 어이없이 여섯 명의 목숨을 빼앗겼습니다.

'월드컵 기간 중 긴장관리 잘하라.' 는 말이 무엇을 의미하는지 아직도 알 수 없습니다. '우리 선박이 작전 통제선을 넘어간 잘못이 있다.' 는 말의 뜻을 이해할 수 없습니다. 2011년 추모식에 "대통령님, 한 번만이라도 참석해 주세요. 그게 그렇게 어려운 일인가요?" 고故 한상국 중사의 부인 김종선(38)이 대통령에게 보낸 공개편지도 읽었습니다. "군인들에게는 대통령이 아버지가 아닌가. 아버지 잘못 만나서 잊혔고, 뒷전으로 밀려났다."는 고故 황도현 중사의 아버지 황은태(65)님의 한숨도 들었습니다. 군 통수가 일본에서 그 나라 총리와 회담하는 동안 우리의 장례식마저도 외롭게 치러졌습니다. 우리는 결코 영웅대접을 받으려는 것이 아닙니다. 우리의 죽음이 헛되지 않기를 바랄 뿐입니다. 있었던 그대로를 국민들에게 알려 줬으면 할 따름입니다.

마지막 순간까지 함포의 방아쇠를 놓지 않고 전사한 고故

조천형 중사의 딸을 보는 순간 가슴 찢어지는 아픔을 삭여야 했습니다. 백 일이 지났을 때 아버지를 잃은 시은이가 열 살이 되어 함포 자리에 꽃다발을 바치는 귀여운 모습이었습니다. "매년 이날 아빠를 보러오지만, 오늘은 대통령도 보고 사람들도 많이 와서 신기했어요. 아빠, 멋지고 자랑스러웠어요."라며 기뻐하는 시은이의 예쁜 모습이 아빠와 함께할 수 없어 가슴이 메었습니다.

'당시 전사 장병과 유가족이 천덕꾸러기 취급을 받는 것을 보고 충격을 받았다.' 라면서 '이런 정부를 위해서라면 털끝 하나 다치고 싶지 않다.' 는 강원대 이봉수 교수의 넋두리를 들었습니다. 묘비에 '북한의 기습 어뢰 공격으로 순국' 이란 문구로 바꾸어 새기기가 목숨보다 더 중요한 일인가요? "국가는 군인뿐만 아니라 모든 국민이 함께 지켜야 한다는 걸 잊지 않으면 좋겠다."는 당시 참수리 삼백오십칠 호 부정장 이희완 소령의 말이 국민 모두의 가슴에 새겨졌으면 합니다.

"고속정 참수리 삼백오십칠 호 정장이었던 윤영하 소령은 죽음을 함께한 다섯 명의 영혼들과 십 주기에 부쳐 고합니다. 고故 윤영하 소령, 고故 한상국 중사, 고故 조천형 중사, 고故 황도현 중사, 고故 서후원 중사, 고故 박동혁 병장의 혼은 호국의 넋이 되어 서해의 연평바다를 영원히 지켜 낼 것입니다.”

　고^故윤영하 소령과 함께 전사한 다섯 병사의 명복^{冥福}을 빕니다.

　조국을 위해 바친 목숨, 그 넋을 달래드리지 못하고 살아있다는 것이 이렇게 부끄럽게 느껴질 때도 없습니다.

　‘영령들이시여! 편히 잠드소서.’ 우리가 할 수 있는 말은 이 한 마디뿐입니다.

얼룩진 양심

　설날을 일주일쯤 남겨둔 날 오후 늦게 아내와 함께 마트에 갔다. 설맞이 음식재료 몇 가지를 사기 위해서였다. 설 대목이라 사람들이 붐볐다. 경기가 나쁘다지만 민속명절의 열기를 느낄 수 있었다. 여느 때와는 달리 매장도 새 단장을 하고 고객의 구매욕을 부추기고 있었다.

　서둘러 필요한 것을 사서 집으로 돌아왔다. 평소 같으면 찢어서 버릴 계산서인데 그날따라 무엇을 얼마만큼 사왔나 궁금하여 꼼꼼히 체크했다. 뜻하지 않은 착오가 있었다. 커다란 화장지 한 묶음이 계산되지 않았다. 처음 겪는 일이다. 당혹스러웠지만 의외의 횡재에 반가움을 감출 수 없었다.

　저녁상을 차리고 있는 아내에게 자랑하듯 말했다. "여보, 화장지 한 묶음이 공짜로 딸려 왔어요." 기쁨을 나누고 싶었다. 아내가 반기리라 여겼던 내 생각은 빗나갔다. 단호하게 돌려주라는 반응에 뜨끔했다. 애써 감춰왔던 치부를 들킨 것처럼 얼굴이 화끈거렸다. 순간 그 모멸감을 아내에 대한 서운함으로 포장하여 양심을 감추고 싶었다.

공짜를 좋아하지 않는 사람이 어디 있단 말인가. 내가 일부러 숨긴 것도 아니지 않은가. 변명 아닌 변명을 늘어놓았다. 그럴수록 더욱 무거워지는 마음. 이제까지 바르게 살았다고 자부했는데 자신을 제대로 보지 못했다. 밀려오는 자괴감을 잊고 스스로 위안을 얻으려 애써 보지만 마음은 무겁기만 했다.

산고의 아픔을 겪어야 옥동자를 낳듯 한바탕 마음의 갈등을 치르고 나서야 양심의 자리가 어디인가를 짐작하게 했다. 발목에 매달아둔 모래주머니를 벗어던진 것 같은 홀가분함이랄까. 아내에게 가졌던 감정들도 부끄럽게 되새김질했다. 사람은 하잘것없는 욕심에 가리어 자기 자신을 보지 못하는 경우가 얼마나 많은가.

식사 후 마트에 갔다. 마트 측은 물건을 반품하거나 계산 잘못 등 항의성 손님으로 예상한 것 같았다. 체크해간 계산서를 꺼내 보이며 자초지종을 설명했다. 의외의 사안에 안내원이 경계심을 풀며 의아한 눈으로 훑어보았다. 고맙다는 인사를 했다. "계산원의 잘못으로 여기까지 일부러 오시게 해 죄

송합니다." 미안해했다. 양심을 속이려다 들킨 사실은 눈치 채지 못한 채 복 받겠다는 칭찬까지 들었다.

화장지 대금을 냈다. 안내원이 고마움에 대한 사은품이라 며 네 봉지가 든 라면 한 통을 건네주었다. 겉으로는 손사래 를 치면서 속마음은 어느새 라면 봉지에 가 있었다. 못이기는 체하다 받았다. 돌아서면서 뒤통수가 켕겼다. 목욕탕에 갔다 가 구정물을 덮어쓴 것 같이 찜찜했다. 양심도 욕심에 편승하 여 상황에 따라 기준을 바꾸는 자신이 부끄러웠다.

차를 몰고 아내와 함께 볼일이 있어 시내를 향해 가고 있을 때다. 대형마트 앞에 두 줄로 늘어서 있는 사람들이 눈에 띄 었다. 길이가 무려 백 미터나 되어 보였다. 아홉 시가 조금 지 난 이른 시각이었다. '웬 사람들이 아침부터 저렇게 길게 늘 어서 있을까? 아내가 그 광경을 보더니 "아마도 반값 한정 판매 순서를 기다리나 봅니다."라며 응수했다. "그렇게 할 일 이 없으면 책이라도 보지." 빈정거렸던 기억이 되살아났다. 숯이 솥 밑바닥을 보고 검다고 놀려 댄다더니….

욕심에 가리어 보이지 않던 양심을 들여다보았다. 얼룩덜 룩 볼썽사납게 더럽혀지고, 쪼그라들어 있었다. 이 양심은 언 제쯤 바르게 펴지고 투명하게 빛날 수 있을까.

열심히 걸레질 해 본다.

감자 서리

어린 시절이 까마득한 옛날의 동화처럼 떠올랐다. 그때는
왜 그렇게 살림살이가 어려웠을까? 꼭두새벽부터 동네 개똥
이랑 쇠똥 다 줍고, 변조차 남의 집 뒷간에 보기 아까워했다.
부지런하다는 말이 무색할 정도로 손발이 닳도록 일을 해도
끼니 해결이 어려웠다.

보릿고개를 만나면 양식은 다 떨어지고 바닥났다. 식구는
왜 그렇게 많았는지. 아홉이나 되니 입에 풀칠하기가 급급했
다. 큰 솥에 시래기를 넣고, 아껴둔 쌀 몇 톨을 넣어 물을 가
득 붓고 끓인 갱죽으로 끼니를 때우는 사람도 허다했다. 살
림살이가 궁색하여 송기랑 쑥을 뜯어 떡을 해 먹으며 연명하
는 집도 많았다. 봄이면 찔레 햇순을, 여름에는 딸기며 오디
랑 가제를 잡아먹던 추억들이 지금은 한 점 그리움으로 남아

있다.

요즈음에는 가난이 뭔지 모르는 애들이 많다. 오히려 물질 만능주의에 편승하여 다른 사람보다 더 많은 걸 가졌다며 뽐내기를 경주하듯 유명업체 제품을 찾는 시대이지 않은가. 옛날에는 식량이 부족해 굶기를 밥 먹듯 했다고 하면 누가 믿겠는가. '밥 못 먹으면 라면 끓여 먹으면 되지.' 웃지 못 할 이야기가 회자하던 시절도 벌써 이십여 년이 지났다.

가난에 찌든 시대이었기에 서리라는 문화의 이름으로 기갈을 면하려 했던 것일까. 콩 서리, 밀 서리, 감 서리, 수박 서리, 닭 서리, 김치 서리, 곶감 서리 등등 서리 대상이 되지 않는 것이 없었다. 비록 남의 것을 훔치는 일이지만 가난한 시절이라 굶주린 배를 채우도록 너그럽게 눈감아주던 시대가 아니었을까 하는 생각이 들었다. 서리를 자랑처럼 자기 나름의 담력과 무용담을 늘어놓기도 했다. 지금 생각하면 원두막에 있는 주인을 꼼짝 못하게 위협해 수박 밭을 휩쓴 이야기며, 남의 집 닭 둥지를 통째 서리해 온 이야기는 장난의 범위를 벗어난 큰 범죄로 인식될 사건이었다.

장난기가 넘치던 중학교 시절이었다. 친구 넷이 학교를 마치고 집으로 돌아가는 길이었다. 늦은 여름 땅거미가 깔리고 어둠이 짙어졌다. 작은 고개 하나를 넘고 산모롱이를 돌아오자 저 멀리 마을에서 연기가 피어오르며 희미한 불빛이 우리를 반겼다. 모락모락 긴 꼬리를 만들며 퍼지는 연기를 보자 허기가 더욱 심해졌다. 한 친구가 '우리 저 구석진 밭 감자 캐 먹고 가자.' 며 허기를 자극했다. 순간, 기다렸다는 듯 동시에 '좋다.' 며 동의했다. 온종일 게딱지만 한 도시락 하나 까먹고 설쳐 댔으니 오죽 출출했으랴.

덩치 큰 친구가 한 친구의 바지를 벗겨 양쪽 가랑이 끝자락을 묶어 서리하기 안성맞춤 자루를 만들었다. 기발한 아이디어가 첫솜씨는 아닌 것 같았다. 바지를 벗긴 친구가 투덜댔지만, 눈치를 살피던 다른 친구들도 무언의 동의를 보냈으니 다른 방법이 없었다. 한 친구를 망보게 하고 세 명이 살금살금 도둑고양이마냥 감자 사냥을 했다. 가슴이 콩닥콩닥 터질 것 같았다. 금세 주인이 '이놈!' 하며 목덜미를 낚아채는 것 같은 불안을 떨쳐버릴 수 없었다. 감자가 굵거나 잘거나 할 것 없이 자루를 가득 채워 밭을 빠져나왔다.

밭과의 거리가 얼마만큼 멀어져 안도의 한숨을 쉬려 할 때쯤이었다. "거기에 서."라고 소리치며 키가 훤칠한 청년 한 명이 쫓아왔다. 여지없이 잡혔다는 예감이 머리를 잽싸게 스치고 지나갔다. 우리는 뿔뿔이 흩어져 도망쳤다. 붙잡히게 되면 닥쳐올 온갖 사건들이 머리를 어지럽게 휘저었다. 나는 엉겁결에 논으로 뛰어들었다. 얼마 전 홍수로 물길이 덮쳐 벼가

흙투성이를 덮어쓰고 쓰러져 있었다. 벼 포기에 걸려 넘어지면 재빠르게 일어나 있는 힘을 다해 뛰었다. 지금 생각해도 어떻게 그렇게 빨리 뛸 수 있었는지 신기했다.

끝내 자루를 매고 달리던 덩치 큰 친구가 잡히고 말았다. 다행히 부모님의 사과와 얼마의 보상으로 사건을 마무리 지었다. 잡히지 않았으면 서리였는데, 들키고 나니 범죄행위가 되고 말았다. 아버지의 호된 꾸중과 도둑이란 이름표를 달게 되었다. 다행히 도둑이 아닌 서리꾼으로 형사책임을 문제 삼지 않는 것이 고마울 뿐이었다. "배가 많이 고팠나 보구나." 하는 어머니 말씀에 가슴이 울컥했다. 마음을 아프게 한 못난 짓과 맛도 못 본 감자 값을 보상한 쓰라림에 가슴이 저미었다. 마을 어른들에게 서리꾼이란 낙인까지 찍힌 것 같아 얼마간 고개를 들지 못한 자책에 시달리기까지 했다.

무거운 마음을 삭이려는 듯 또 다른 잊힌 기억 한 토막에 '피식' 웃음이 났다. 그날도 여남은 친구들이 초저녁부터 모여 놀았다. 자정이 가까워지자 닭서리를 하자고 했다. 뜻밖에 "너는 쉬고 있어라. 오늘은 특별히 봐준다."며 닭서리를 해와 맛있게 먹었다. 이튿날 아침 어머니께서 닭장의 닭 한 마리가 없어졌다고 하셨다. 족제비에게 물려갔으면 닭소리가 나고, 털도 뽑혀 있을 텐데 그렇지 않단다. 아차! 어젯밤 친구들이 특별대접을 해준 이유를 그제야 알아차렸다. 감쪽같이 속이고 씨암탉을 해치운 짓이 괘씸했지만 어쩌겠나, 장난인걸. 그러면서도 배신 당한 기분이 들지 않음은 무슨 이유일까?

　가끔 풍요로운 삶을 사는 현실을 생각해본다. 물질문명을 마음껏 즐기지만 무언가 마음 한구석의 공허감을 메울 수가 없다. 모든 것이 풍족한데 왜 그럴까? 무게중심이 물질문명으로 쏠리어 정신문명이 제구실하기 어렵기 때문일까? 많은 사람과 다양한 모임을 하면서도 고리는 연결되지 않는 낱개로 남는 것 같은 느낌이다. 그 영향이 인간의 내면을 가난뱅이로 만들어 가는 것이 아닐까?

　오늘도 산골의 구석진 밭에서는 감자가 토실토실 익어가고 있다. 나는 지금 세월의 변두리로 밀려 나와 시간의 고리를, 낱개로 흩어진 정의 고리를 연결하려 부지런히 세월 서리를 하고 있다.

가난했던 시절이

　매우 추운 날씨다. 지하철 입구의 계단을 오르고 있었다. 장애인같이 보이는 사람이 모자를 앞에 놓고 이마를 바닥에 대고 엎드려 있었다. 모자에는 백 원짜리 동전 예닐곱 닢이 놓여있고, 천 원짜리 지폐 한 장이 바람에 나풀거렸다.

　평소에도 자주 접하는 광경이라 곁 눈길로 스쳐보며 지나쳤다. 얼마만큼 걸었을까. 별생각 없이 지나쳐버린 그 모습이 점점 또렷하게 내 뒤를 따라왔다. 행인들은 두툼한 외투를 입었으면서도 추위에 몸을 웅크리고 걷고 있었다. 남루한 옷차림으로 얼음장 같은 돌 바닥에 엎드려 느끼는 그 한기는 얼마나 매서울까. 행여 동사라도 하지 않을까 하는 안쓰러움이 가슴을 아리게 했다. '백 원짜리 동전 한 닢이라도 놓고 올걸.' 하는 생각에서 벗어날 수 없었다. 동전 한 닢 이 대수롭겠느냐마는 그래도 양심의 끝자락이나마 숨길 수 있는 은신처가 되지 않았을까.

차라리 한 푼 달라며 애걸복걸이라도 했으면 그 광경을 예까지 끌고 오지는 않았을 것이다. 뉘엿뉘엿 해가 서산으로 숨어들어 가는 시간인데도 겨우 동전 몇 닢과 지폐 한 장을 얻어놓고도 꼼짝하지 않았다. 초조함을 느끼지 않음일까? 누가 욕을 하던 침을 뱉든 그것은 자기 몫이 아닌 듯 오로지 지나가는 사람들의 호의만을 간절히 바랄 뿐이었다. 어쩜 저렇게 천연덕스러울 수가 있을까. 어쩌다 구걸을 하게 되었을까? 가족은 있을까? 살을 에는 듯한 추위를 참고 견디는 힘은 어디에서 생겨났을까. 동전 몇 닢의 힘이 그렇게 세지는 않을 터. 복지정책을 펴고 있다는 정부의 손길은 왜 이런 곳까지 미치지 못하고 있을까? 온갖 상상들이 머리를 어지럽게 했다.

IMF의 회오리가 아직도 기억 속에 생생하다. 중소기업을 경영하던 재력가가 하루아침에 부도를 내고 쓰러졌다. 일류 회사의 중견 간부가 회사와 함께 넘어져 폐인으로 전락하였다. 한때 전국 최고의 명성을 날리던 보험관리사가 하루아침에 노숙자 신세가 되었다. 삶은 한순간도 방심할 수 없는 불행이 호시탐탐 노려보고 있는 것 같았다. 재물과 권력, 명예도 한순간에 물거품이 되어 멀리 떠나버린 공허함. 서울역 노숙자들이 모든 것을 대변해주는 듯했다. '올라갈 때 떨어질 것을 염려하라.' 는 말이 새삼스럽게 느껴졌다. 바로 앞의 일도 짐작하지 못하는 것이 우리의 삶이 아닐까? 아무도 예측할 수 없는 앞날에 기대를 거는 것이 우리의 희망이리라.

지인의 파란만장한 삶이 가슴을 아리게 했다. 대기업에서 근무하다 조기 퇴직 후 증권으로 부를 축적했다. 조금 더 빨리 퇴직하지 않은 것이 후회된다고 할 정도였다. 자고 나면 증권의 액면이 배로 불어나고, 자고 나면 불어나기를 거듭하여 재물이 거짓처럼 불어났다. 작은 욕심은 큰 욕심을 낳는다고 했던가. 자기 자본금에만 그치지 않고 가능한 자본금을 다 끌어다 투자했다. 끝없이 뻗어 갈 것으로 생각했다. 탄탄하게만 여겼던 경제가 IMF로 휘청거렸다. 증권액면가가 내려갈 것으로 판단되면 팔면 되지 않을까 했는데 그도 쉬운 일이 아닌가 보았다. 결국은 재산을 모두 없애고 전 가족이 어디론가 뿔뿔이 흩어졌다. 행복을 추구하려다 불행의 늪으로 빠져들어 모든 것을 잃고 말았다.

IMF의 여파로 인한 불황은 끝이 없었다. 경기 불황이 빈부의 틈을 더 크게 벌려놓았다. 겉모습과는 달리 속내는 불황에서 헤어나지 못하고 있었다. 반면 부의 호사스러운 진화는 IMF가 언제 있었느냐는 듯 거들먹거렸다. 아파트는 경쟁이라도 하듯 고층화하였다. 구조와 넓이도 차별화를 꾀한다며 고급화하고 대형화하였다. 십여 년 전 가구당 한 대씩 보유하고 있던 자동차는 한 사람이 한 대씩으로 늘어나 필수품이 되었다. 휴대폰은 잠시라도 없으면 못 견딜 만큼 실시간 정보와 삶의 멘토가 되었다. 디지털이 이끌어낸 삶의 진화는 끝이 보이지 않았다.

과학이 발달할수록 인간의 사고는 기계화되어가는 느낌이다. 경제와 지적 수준이 높아질수록 인성은 더 개인주의적으로 치닫는다. '우리'가 아닌 '나'에게로 치중하게 되는 삶. 남과 타협할 줄 모르는, 자기중심의 이기주의가 삶의 터전을 흔들고 있었다. 자기 이익과 집단을 위해서라면 무엇이든 불사하겠다는 태도. 나와 맞지 않으면 무조건 배척하는 양극화 사고가 사회를 동맥경화증으로 몰아가고 있다. 재력과 학벌을 따지고, 지위와 권력을 따지며 자기들만의 계층을 만들어가고 있는 병폐들. 아파트 평형이 낮은 집 아이들과는 놀지 못하게 강요한다는 부모가 있다니 더불어 살아가는 사회가 붕괴하는 것 같아 두렵다.

아침 햇살에 희뿌연 안개가 걷히듯 육십 년대의 삶이 되새김질해왔다. 너나 할 것 없이 궁핍한 생활에서 헤어나지 못하던 때였다. 봄이 되면 연례행사처럼 치러야 했던 보릿고개.

쌀밥은커녕 보리밥조차 배불리 먹지 못했다. 신혼 생활도 부잣집 자녀를 제외하고는 대다수 사글셋방에서 출발하였다. 양은 솥과 냄비 하나, 숟가락과 쌀 두어 말로 시작한 소꿉놀이 같은 살림살이였다. 꼭 필요한 가구만 들여놓았다. 살아가면서 한 가지씩을 사들이는 것이 신혼의 보람이었다. 아파트니 승용차는 아예 생각조차 할 수 없는 꿈같은 이야기였다. 새로운 옷장 하나 들여놓고 밤잠을 설치던 일이 엊그제 같다.

이만 불 시대, 어느 하나 모자람이 없는 삶을 누리면서도 사십여 년 전의 찌든 삶이 그리워짐은 과거에 대한 향수 때문만은 아니니라.

천 원의 절규

"천 원! 천 원! 천 원!…." 여행에서 돌아온 지 일주일이 지났어도 앵앵거리는 환청이 가시지 않았다. 끊임없는 메아리가 파장되어 밀려든다.

몇 해 전 중국 관광을 했다. 천자산 정상 길목에 다다랐을 때였다. 오십 미터가 넘는 디귿 모양의 길 가장자리에 쭉 늘어서서 군것질거리를 팔고 있었다. 젊은 아낙과 늙은 노파들이 지나가는 관광객들에게 연방 '천 원'을 외쳐댔다. 한꺼번에 쏟아내는 '천 원'이 벌떼들의 힘찬 날갯짓 소리마냥 웽웽거렸다. 손에 든 꼬치구이며 군밤이랑 먹을거리를 턱밑까지 내밀었다. 하나라도 더 팔려는 몸짓이었다. 손님을 끌려는 단순한 행위를 떠나 한 사람이라도 놓치지 않으려는 간절한 몸부림이었다. 여느 관광지에서나 흔히 볼 수 있는 광경이었다.

어떤 곳에서는 집요하게 달라붙어 섬뜩하기까지 했는데 그런 느낌은 아니었다. 간절한 호소가 담긴 아우성이라 해야 옳은 표현일 것 같았다.

"천 원! 천 원! 천 원!…" 그 속엔 온갖 상념들이 녹아 스며들어 있었다. 아이들이 끼니를 거르고 허기진 배를 움켜잡고 있는 것을 보는 부모들의 아픈 가슴이 느껴졌다. 배고픔보다 더한 설움이 있으랴. 학비를 제때 내지 못해 힘없이 책상에 쪼그리고 앉아있을 자식을 생각하는 부모들의 시련이 버무려져 있었다. 배우지 못한 한을 자식들에게까지 물려줘서는 안된다는 뼈저린 한이 배어 있었다. 편찮으신 노부모를 병원으로 모시지 못하는 시린 마음이 젖어 있었다. 귀여운 손자 손녀 예쁜 옷 한 벌 사주지 못하고, 좋아하는 음식 한 번 먹여주지 못하는 할머니의 애석함이 서려 있었다. 먹고, 입고, 배움을 위해 한 푼이라도 더 벌어야 한다는 절박함의 표현이리라.

어린 시절의 헐벗은 초상이 그려졌다. 끼니조차 걱정해야 했던 넉넉지 못한 생활이었다. 사탕이라도 하나 얻을 양으로 미군 뒤를 졸졸 따라다니던 기억이 새로웠다. 돌덩이 같은 우유 한 덩이를 얻은 날은 큰 보물을 얻은 듯 기뻤다. 미군이 아니면 맛볼 수 없는 먹을거리였다. 목재를 실어 나르는 트럭이 지나가면 뛰어가 매달리는 것이 스릴을 즐기는 유일한 탈것이었다. 사라호 태풍으로 집이 물에 잠기고 논밭을 떠내려 보내는 등 큰 수해를 입었을 때다. 구호물품이 전달되었다. 모두가 미국에서 보내온 것이었다. 운 좋게 검은 외투를 받았다. 늘 변변찮은 옷만 입다가 고급스러운 외투를 입게 된 설렘으로 밤잠을 설쳤다. 가난에 찌들었던 오십여 년 전의 삶이 천 원의 아우성에 겹쳐졌다.

이곳 사람들은 자연경관이 빼어난 산을 물려받은 것이 얼마나 큰 행운인가. 천 원의 절규를 부르짖을 수 있다는 것만도 행복하다. 오십 년 전 우리가 어렵게 살았듯이 이곳 사람들도 오십 년 후면 우리를 앞지를 수도 있을지 모른다. 관광하고 있다는 우위의 입장에 젖어 동정심을 일으킨 자만심이 부끄럽다. 한꺼번에 토해내는 '천 원'의 절규가 싫지 않음은 웬일일까.

천 원을 주고 건네받은 군밤 봉지에서 밤 한 톨을 꺼내 입에 넣고 씹는다. 어린 시절의 가난을 함께 깨물어 씹는다. 가난한 아우성이 지극한 정성으로 피어올라 입안 가득 고소함으로 번진다.

도깨비의 역설

지은이 _ 김상규

초판 발행 _ 2014년 2월 10일

펴낸곳 _ 수필미학사
펴낸이 _ 신중현

등록번호 _ 제25100-2013-000025호
등록일자 _ 2013. 9. 2.

대구광역시 달서구 문화회관11안길 22-1(장동) 출판산업단지 9B 7L
전화 _ (053) 554-3431, 3432   팩시밀리 _ (053) 554-3433
홈페이지 _ http://www.학이사.kr
이메일 _ hes3431@naver.com

　저작권자 ⓒ 2014, 김상규
　이 책의 저작권은 저자에게 있습니다. 저자와 출판사의 허락 없이
　내용의 일부를 인용하거나 발췌하는 것을 금합니다.

ISBN _ 979-11-951489-8-1   03810

※ 수필미학사는 도서출판 학이사의 수필 전문 자매회사입니다.

김상규 수필집

도깨비의 역설